DAVID FOENKINOS

Das Leben meiner Schwester

Roman

Aus dem Französischen von
Christian Kolb

 PENGUIN VERLAG

Die Originalausgabe ist 2019 unter dem Titel *Deux Sœurs* bei
Éditions Gallimard, Paris, erschienen.

MIX
Papier | Fördert
gute Waldnutzung
FSC® C014496

Penguin Random House Verlagsgruppe FSC® N001967

1. Auflage 2024
Copyright © der Originalausgabe 2019 by David Foenkinos
Copyright © der deutschen Erstausgabe 2024
by Penguin Verlag in der
Penguin Random House Verlagsgruppe GmbH,
Neumarkter Straße 28, 81673 München
Covergestaltung: www.buerosued.de
Covermotiv: Magdalena Russocka / Trevillion Images,
www.buerosued.de
Satz: Satzwerk Huber, Germering
Druck und Bindung: GGP Media GmbH, Pößneck
Printed in Germany
ISBN 978-3-328-11069-9

www.penguin-verlag.de

ERSTER TEIL

1

Es begann damit, dass Mathilde am Blick von Étienne etwas Merkwürdiges auffiel. Die Sache war jedoch nicht der Rede wert. Fängt nicht jedes Unglück mit etwas Unscheinbarem an?

2

Hätte sie dieses *Etwas* genauer beschreiben sollen, hätte sie wohl gesagt, es liegt ein Schatten über seinem Gesicht, ohne zu wissen, was sie eigentlich damit meinte. Es gibt ja unterschiedliche Arten von Schatten. Sie hatte eben so ein dumpfes Gefühl. Was hatte sie gespürt? Hatte er schlicht schlechte Laune oder zog ein gewaltiges Unwetter auf? Am Ende fragte sie doch:

»Schatz, alles Ordnung mit dir?«

»Nein, mir geht's *zurzeit* nicht so gut.«

Sie waren seit fünf Jahren zusammen, und Mathilde war nach wie vor wahnsinnig verliebt. Es war das erste Mal, dass er in trockenem Ton ein Unbehagen zum Ausdruck brachte. Mathilde war verunsichert und überlegte, was sie sagen sollte. Sie hatte sich bemüht, ihre Frage möglichst beiläufig zu stellen, so wie man sich halt bei den Leuten erkundigt, wie es ihnen geht, manchmal wartet man die Antwort gar nicht ab. Ihr Gefühl hatte also nicht getrogen. Étienne war seit ein paar Tagen irgendwie seltsam, fand sie, geistesabwesend. Natürlich stand er in seinem Job mächtig unter Druck, sein neuer Chef setzte ihm gehörig zu. Doch er war an die Härten des Berufs an sich gewöhnt. Und er trug die Schrecken der Arbeit sonst nie mit nach Hause. Auf bewundernswerte Weise brachte er es fertig, *die Dinge voneinander zu trennen.* Das zeichnete ihn aus. Er teilte sein Leben gern in verschiedene Bereiche auf. Mathilde machte sich plötzlich Gedanken, welchem Bereich sie selbst zugeordnet war. Ja, welchem? Sie beschlich die finstere Ahnung, dass sie auf ein raues, verlassenes Gelände gelangt war, wo es stark nach Trennung roch.

3

Étienne blieb den ganzen Abend über recht schweigsam, erklärte sich Mathilde nicht, spannte sie auf die Folter. Sie sagte sich, ich muss das akzeptieren. Es kam ja auch vor, dass es ihr selbst nicht gut ging und sie nicht darüber reden konnte. In der Hinsicht hatten sie etwas gemeinsam. Schweigen heilte ihre Wunden.

Sie zwang sich, ein freundliches Gesicht zu machen, und ließ ihn brüten über das, worüber er offenbar zu brüten hatte und was ihm keine Ruhe ließ. Sie setzte eine Miene auf, in der zu lesen war: Wenn du mich brauchst, ich bin da. Nun hatte er aber schon die Nachttischlampe ausgeschaltet. Und bevor er sich auf seine Seite gelegt hatte, hatte er ihr mit der Hand über den Rücken gestrichen, eine distanzierte, geradezu absurde Geste. Mathilde hätte am liebsten das Licht wieder angeschaltet, ihm gesagt, dass sie nicht einschlafen kann nach einem solchen Abend, sie brachte nur kein Wort heraus. Zur Entspannung schwelgte sie in Erinnerungen, ließ im Geiste die Bilder des vergangenen Sommers vorüberziehen. Sie waren zwei Wochen in Kroatien gewesen und hatten ein paar Tage auf einer einsamen Insel verbracht. In diesem Paradies hatten sie vom Heiraten gesprochen. Étienne fühlte sich bereit, Kinder mit ihr zu haben. Alles war groß und wunderbar. Eine ewig währende Liebe schien sich anzudeuten.

4

Étienne war auch am nächsten Morgen nicht besonders gesprächig. Er ging etwas früher aus dem Haus als sonst, nachdem er Mathilde erneut mit der Hand über den Rücken gestrichen hatte, das war jetzt anscheinend schon Routine. Diesmal hatte sie den unbestimmten Eindruck, als hätte er Mitleid mit ihr. Sie hatte ihm ein strahlendes Lächeln geschenkt, aber er hatte sich schnell umgedreht. Als sie dann allein war, hätte sie gern eine Zigarette geraucht, es war bloß keine da.

Einen Augenblick stand sie reglos am Frühstückstisch, den sie liebevoll gedeckt hatte. Den sie in der Hoffnung, dass sich mit Schönheit alles zum Guten wenden ließe, mit Rosenblättern geschmückt hatte. Doch Étiennes Augen waren blind gewesen für diese dezenten Schönheitstupfer, er hatte sie nicht bemerkt. Immer nett und positiv sein, dieses Verhalten war ganz typisch für Mathilde. Bis vor Kurzem war Étienne noch jeden Morgen freudig neben ihr aufgewacht.

5

Mathilde kam nie zu spät zur Schule, einem Lycée in einem Pariser Vorort. Sie galt als sehr gewissenhafte Lehrerin, die die Kinder liebte, *als wären es ihre eigenen.* Bei einer Klassenkonferenz hatte das tatsächlich einmal jemand zu ihr gesagt. Auch an dem Tag war sie pünktlich. Sie blieb einen Augenblick im Auto sitzen und dachte sich, ich muss meine Sorgen vertreiben, bevor ich mich in Gesellschaft begebe. Was Étienne gesagt hatte, ließ sie nicht los. Es gehe ihm *zurzeit* nicht so gut. Dieser Satz wog schwer wie ein russischer Roman. Sie betrachtete sich im Rückspiegel. Seltsam, es dauerte mehrere Sekunden, bis sie sich selbst wiedererkannte.

Nachdem sie schließlich ausgestiegen war, lief ihr auf dem Parkplatz Monsieur Berthier, der Direktor, über den Weg. Er war lang und dünn, ein wenig so wie einer der Männer, die auf dem Bild von Magritte vom Himmel fallen. Er bewunderte Mathilde und hatte sich vehement für ihren Verbleib eingesetzt, als sie im Jahr zuvor ein Angebot von einer Pariser Privatschule vorliegen hatte. Obwohl es ziemlich attraktiv war, hatte sie es letztlich ausgeschlagen. Sie hing an ihren Schülern und wollte sich ihnen gegenüber loyal verhalten, außerdem wusste sie es zu schätzen, einen Direktor zu haben, der ihr wohlgesinnt war. Doch als er nun ein Gespräch eröffnete, fiel ihr plötzlich ein, dass sie etwas im Auto vergessen hatte. Eine Ausrede, um die wenigen Schritte zum Gebäude nicht mit ihm gehen zu müssen. Eine morgendliche Unterhaltung kam für Mathilde nicht infrage.

6

Beim Anblick ihrer Klasse gelang es ihr, ihren Kummer abzustreifen. Oder vielleicht sollte man eher sagen: Ihre innere Unruhe legte sich.

Vor der Stunde redete sie noch kurz mit Mateo, dessen Leistungen nach der Scheidung seiner Eltern deutlich nachgelassen hatten. Mathilde hatte immer ein paar aufmunternde Worte für ihn übrig, manchmal saß sie nach Unterrichtsschluss mit ihm da und half ihm mit den Textaufgaben. Ihr Engagement schien sich auszuzahlen, denn in letzter Zeit machte er sichtlich Fortschritte. Vielleicht konnte sie seinem Schicksal ja eine Wendung geben. Das würde sich zeigen.

In Französisch behandelte sie einen Ausschnitt aus *Die Erziehung der Gefühle*. Sie hatte eine große Schwäche für diesen Roman, der in ihren Augen Flauberts schönster war, und teilte ihre Begeisterung Jahr für Jahr mit ihren Schülerinnen und Schülern. Dieses Buch hatte einmal alles verändert, als sie es selbst in der Schule durchgenommen hatte. Seitdem konnte sie ohne Literatur gar nicht mehr leben. Sie war für ihren Beruf wie geschaffen. Gerade trug sie jene berühmte Stelle vor, an der Frédéric Moreau zum ersten Mal Madame Arnoux sieht. Seine Leidenschaft entflammt. Flaubert beschreibt die Gefühlsregungen des jungen Mannes so: »Es war wie eine Erscheinung.« Doch als Mathilde den Satz vorlas, unterlief ihr ein Versprecher. Sie sagte: »Es war wie eine Entscheidung.«

7

In der Mittagspause stellte sie ihr Handy an. Um ihre Chancen auf neue Nachrichten zu erhöhen, hatte sie es den Vormittag über absichtlich ausgelassen. Sie starrte das Display an, manchmal dauerte es ein wenig, bis die Verbindung zustande kam, aber das Gerät zeigte keine Nachrichten an. Mathilde war tief getroffen.[1]

Sabine, eine Lehrerin, mit der sie sich ganz gut verstand, auch wenn man nicht behaupten konnte, dass

---

1 Ein hochmodernes Elend.

die beiden Frauen Freundinnen waren, wartete auf Mathilde, um gemeinsam essen zu gehen. Sie verbrachten die Mittagspause oft zusammen und plauderten dabei, wie Arbeitskolleginnen eben plaudern. Mathilde gab ihr ein Zeichen, das so viel bedeutete wie: Ich kann heute nicht. Oder: Ich komme gleich nach. Oder: Ich habe überhaupt keinen Hunger. Man weiß im Grunde nie genau, was Zeichen bedeuten. Sabine begriff immerhin, dass sie sich allein in die Kantine aufmachen musste.

Mathilde blieb mit ihrem Smartphone in der Hand auf dem Gang stehen. Sie war richtig sauer auf Étienne, der sich einfach in Schweigen hüllte. Sonst telefonierten sie immer oder schrieben sich wenigstens ein paar Nachrichten tagsüber; vor allem, wenn das Verhältnis angespannt war. Sie hatte seinen Unmut ertragen, aber irgendwann musste er doch die Situation aufklären, wenn nicht aus Liebe, dann zumindest aus Höflichkeit. Aber nur eine Minute später war sie ihm auf einmal nicht mehr böse, sah sie die Sache wieder anders und schrieb: »Schatz, ich denk dauernd an dich. Hoffentlich geht's dir heute besser. Vergiss nicht, ich bin für dich da. Ich kann's kaum erwarten, dich zu sehen.« Nachmittags schaute sie in den Pausen auf ihr Handy, aber er hatte nicht geantwortet. Keine Nachricht, nur erbarmungsloses Schweigen.

8

Abends fasste er endlich in Worte, was ihn umtrieb. Mit reichlich zitternder Stimme verkündete er: »Ich ziehe aus.« Mathilde kapierte nicht recht. Er drückte sich komisch oder ungeschickt aus. Warum sagte er nicht gleich, dass er sie verließ? Er redete vom Ausziehen, um das, was er nicht über die Lippen brachte, anhand einer konkreten Folge zu erläutern. Trennungen sind oft kompliziert, man macht vage Andeutungen, rückt nicht mit der Sprache heraus oder lügt, weil man dem anderen nicht wehtun möchte. Mathilde musste die Unterhaltung ankurbeln, um Genaueres zu erfahren, ihm das Verdikt aus der Nase ziehen:

»Was meinst du damit? Willst du, dass wir getrennte Wohnungen haben?«

»Nein, das ist nicht der Punkt.«

»Was dann? Étienne, bitte rede mit mir!«

»Das ist ein heikles Thema.«

»Du kannst mir alles sagen.«

»Glaub nicht, dass ich das kann.«

»Na doch.«

»Ich will dich verlassen. Es ist aus.«

Mathilde war fassungslos. Sie fühlte sich entsetzlich schwach und blieb fürs Erste stumm. Er ging auf sie zu und wollte ihr wieder mit der Hand über den Rücken streichen. Sie hatte es also schon richtig gedeutet, es war eine scheußliche Geste des Mitleids. Sie stieß ihn heftig zurück und stammelte dann mehrmals:

»Das kann doch nicht wahr sein. Das kann überhaupt nicht wahr sein.«

»Tut mir leid.«

»Im Sommer … haben wir noch vom Heiraten geredet.«

»Ja, ich weiß.«

»Was ist denn auf einmal passiert?«

»Nichts. Ich hab einfach das Gefühl, dass es vorbei ist. So ist es nun mal.«

»Aber man kann doch nicht plötzlich aufhören zu lieben. Das kann nicht sein.«

»…«

»Gib uns doch noch eine Chance, ich flehe dich an.«

»Meine Entscheidung ist gefallen. Ich werde so lange bei meinem Cousin unterkommen, bis ich eine neue Wohnung gefunden habe. Du musst nicht ausziehen.«

»Ich muss nicht ausziehen? Ich darf ruhig bleiben?«, brauste Mathilde schließlich doch auf. »Aber was soll ich denn hier? Wo mich alles an dich erinnert. Alles. Hier geh ich zugrunde. Du meinst, ich soll allein in unserem Bett schlafen? Meinst du das wirklich?«

»Ich weiß nicht. Ich will dir doch bloß keine Schwierigkeiten machen, sonst nichts.«

»Ach so? Du interessierst dich für meine Probleme? Echt? Erklär mir das mal näher!«

»So kenn ich dich ja gar nicht …«

»Ach, jetzt komm mir nicht damit! Nicht mit dem Scheiß!«

Sie sank aufs Sofa, krümmte sich vor Schmerz. Étienne war wie gelähmt von ihrem Anblick. Ihr leidender Gesichtsausdruck hatte geradezu etwas Entmenschlichtes. Er bewegte sich auf sie zu, doch sie stieß ihn erneut zurück, anscheinend mit letzter Kraft. Es sah aus, als wäre sie gerade dabei, ihren Körper zu verlassen. Nach einer Weile, schwer zu sagen, wie viel Zeit vergangen war, befahl sie ihm, ihr aus den Augen zu gehen. »Hau ab«, wiederholte sie ständig, »hau ab, ja, jetzt gleich.« Er wollte sie nicht allein lassen, doch ihr Blick war so streng, so unerbittlich, dass er sie noch einmal fest ansah und dann die Tür hinter sich zuzog.

Als ihr kurz darauf klar wurde, dass er tatsächlich fort war, schrieb sie ihm eine Mitteilung: »Bitte tu mir das nicht an, ich sterbe.«

9

Später am Abend, sie lag nach wie vor niedergeschmettert auf dem Sofa, dachte sie sich: Es darf niemand erfahren. Dieser Gedanke beruhte auf einer eigenartigen Logik: Wenn niemand davon wusste, war es auch nicht so. Sie stellte sich den nächsten Tag in der Schule vor. Ausgeschlossen, dass sie Sabine oder sonst jemandem von dem Vorfall erzählte. Für die Außenwelt hatte Étienne vergangenen Sommer in Kroatien praktisch um ihre Hand angehalten, würden sie bald heiraten. Im Laufe des Abends schickte sie ihm mehrere Nachrichten, in denen sie abwechselnd eine Erklärung verlangte und ihn beschwor, zu ihr zurückzukommen. All diese Nachrichten blieben unbeantwortet, Mathilde hätte sich am liebsten aus dem Fenster gestürzt.

Gegen Mitternacht ging sie in eine Bar und trank Wein. Sie hatte den unwiderstehlichen Drang, ihren Schmerz mit Alkohol zu betäuben, wer hätte geglaubt, dass ihr so etwas einmal passieren würde. Ein Mann sprach sie an. Sie sagte sich, ich könnte mit ihm schlafen, ich bin ja an niemanden mehr gebunden. Das heißt, ich brauche nicht gleich mit ihm ins Bett zu steigen, es genügt, ihn zu bezirzen, um sich die Finger schmutzig zu machen, sich selbst zu entfliehen oder sich umzubringen. Doch sie wankte wieder nach Hause, der Rausch erlöste sie nicht. Das Leid schärfte ihre Sinne. Eine Strafe, bei hellwachem Verstand zu sein.

10

Der Morgen graute und fühlte sich an wie eine Verlängerung der Nacht. Oder auch: wie die Ankündigung der nächsten Nacht.

11

Mathilde duschte ausgiebig und seifte sich ordentlich ein, als könnte sie sich so von den Geschehnissen reinigen. Sie warf alles weg, was sie am Vortag getragen hatte (eine spontane Idee). Sie wollte das Zeug, das sie angehabt hatte, als Étienne mit ihr Schluss gemacht hatte, nie mehr sehen. All diese Handgriffe führte sie instinktiv und auch ein bisschen rabiat aus, wie eine Kriegerin. Aber sie lieferte sich selbst eine Schlacht. Ihr fehlte das Gegenüber. Sie kämpfte mit einer Schattenarmee.

12

Als sie auf dem Schulparkplatz aus dem Auto stieg, begegnete ihr der Direktor. Wie immer eigentlich. Ihr Herz war gebrochen, und trotzdem blieb alles beim Alten, drehte das Karussell sich weiter, ungerührt von ihrer Tragödie. Monsieur Berthier sah wie jeden Morgen aus, lächelte freundlich und gab die üblichen Banalitäten von sich. Mathilde ließ sich auf das Spiel ein. »Ja, mir geht's gut. Und Ihnen?« Sie merkte, wie leicht es war, sich zu verstellen. Sie hatte geglaubt, man könnte ihr ihr Unglück vom Gesicht ablesen, doch dem war anscheinend nicht so. Berthier fiel nichts Außergewöhnliches auf, keiner ihrer flüchtigen Bekanntschaften sollte etwas auffallen. Das verstärkte ihren Kummer. Natürlich wollte sie ihre Gefühle nicht zeigen, aber das Theater, das die anderen veranstalteten, hielt ihr vor Augen, wie unendlich einsam man im Grunde ist.

13

Vor dem Klassenzimmer wartete Mateo auf sie. Er überreichte ihr ein Päckchen.

»Ist das für mich?«, erkundigte sie sich, obwohl das an sich offensichtlich war.

»Ja, meine Eltern möchten sich bei Ihnen bedanken.«

»Wofür?«

»Für alles, was Sie für mich getan haben.«

»Ich habe nicht viel getan.«

»Doch, Madame. Sie haben mir sehr geholfen. Und Sie sind immer so nett zu mir.«

»...«

»Machen Sie jetzt das Geschenk auf?«

»Ja ...«

Vorsichtig öffnete Mathilde die Verpackung, um nichts zu beschädigen. Ein goldener Bilderrahmen kam zum Vorschein.

»Ich hoffe, Ihnen gefällt's. Habe ich gestern zusammen mit meiner Mutter ausgesucht. Sie können da ein schönes Foto reintun.«

»...«

»Gefällt's Ihnen?«

»Ja. Danke, Mateo. Ich bin ganz ergriffen ...«, sagte Mathilde, die spürte, wie ihr die Tränen aufstiegen.

Sie betrachtete den leeren Rahmen, der etwas Symbolisches hatte. Er verkörperte ihr neues Leben. Ein inhaltsloser Rahmen. Was für eine grausame Ironie des Schicksals. Sie fing an zu weinen, dicke Tränen liefen ihr übers Gesicht, all die Tränen, die sie bislang zurückgehalten hatte. Die der Schock gelähmt hatte. Sie rannen, als ihr eine kleine Aufmerksamkeit zuteilwurde. Mateo stotterte verdutzt: »Aber … es ist doch bloß ein Bilderrahmen …« Mathilde bedankte sich erneut und versuchte vergeblich, ihre Gefühle in den Griff zu bekommen, die einem unabhängigen Königreich zu unterstehen schienen, das von einer verheerenden Sintflut heimgesucht wurde.

Unter den verwunderten Blicken der Kinder betrat sie schließlich das Klassenzimmer. Ein Mädchen flüsterte einem anderen ins Ohr: »Sie ist bestimmt schwanger. Als meine Mutter mit meiner Schwester schwanger war, hat sie auch dauernd geheult. Wegen jeder Kleinigkeit.«

14

Mathilde wandte sich Flaubert zu, und der Schultag verlief ohne weitere Zwischenfälle.

15

Am Abend lag sie auf dem Sofa. Ins Bett gehen und schlafen kam überhaupt nicht infrage. Sie hatte die ganze Zeit nichts gegessen. Und Étienne hatte sich noch immer nicht gemeldet. Dafür hatte sie einige Nachrichten von Freunden und Verwandten erhalten. Er hatte also sämtlichen Leuten Bescheid gegeben. Wahrscheinlich hatte er alle gebeten, ein bisschen nach dem Opfer zu sehen. Das war doch mehr als lächerlich. Seine Schwester hatte geschrieben: »Mein Bruder hat mir erzählt, dass er dich verlassen hat. Das tut mir leid. Wenn du irgendwas brauchst, ich bin für dich da. Eure Trennung ändert nichts an unserer Freundschaft …« Natürlich änderte das etwas. Mathilde würde keinen Menschen ertragen, der sie an Étienne erinnerte. Aber nach fünf Jahren Beziehung war ihr gesamtes gesellschaftliches Umfeld von ihm befallen. Sie würde niemanden mehr treffen können. Sie hatte nicht nur den Mann verloren, den sie liebte, ihr ganzes Leben war zerstört. Langsam stieg Wut in ihr auf. Die Schuldigen mussten doch zur Rechenschaft gezogen werden. Ein ungeheurer Zorn erfüllte sie, dann beruhigte sie sich, anschließend erfasste sie erneut der Groll. So ging es immer weiter. Sie schwankte zwischen Tobsucht und Trübsal hin und her. Anstrengend, aber sie fand einfach keine Ruhe. Als wäre sie dazu verurteilt, ihren eigenen Niedergang mit anzusehen.

16

Sie hätte sich bei ihrer Mutter ausheulen können. Wenn sie noch am Leben gewesen wäre.

17

Oft dachte Mathilde an den 12. Oktober 2002. In zwei Wochen hatte sie Geburtstag, würde sie vierzehn werden. Es war spät abends. Sie konnte nicht einschlafen. Der Atem ihrer Schwester im oberen Bett ging gleichmäßig, sie röchelte ein wenig. Agathe war fünfzehn. Wenn man die Schwestern sah, war es schwer zu sagen, welche von beiden die Ältere war. Man konnte meinen, dass sie Zwillinge waren.

Da hörte Mathilde einen Schrei. Einen gellenden Schrei, so mancher hätte sich bestimmt die Ohren zugehalten. Sie sprang auf, zögerte dann aber. Womöglich war ein Einbrecher in der Wohnung, und ihre Mutter hatte geschrien, weil sie ihre Töchter warnen wollte. Also musste Mathilde schleunigst die Tür verrammeln, sich verbarrikadieren. Sie sah damals im Fernsehen viele Berichte über Kriminalfälle, die ihre krankhafte Fantasie beflügelten. Tatsächlich war es jedoch wieder still geworden nach dem schrillen Schrei. Mucksmäuschenstill. Es gab wohl doch keinen Eindringling. Mathilde vernahm ein anhaltendes leises Stöhnen, das aus dem Schlafzimmer ihrer Eltern zu kommen schien. Sie beschloss, der Sache nachzugehen, bewegte sich jedoch nur langsam vorwärts, unheimliche Entdeckungen können immer noch ein wenig warten. Der Schrei und ihre Mutmaßungen dazu hallten in ihr wider. Sie fand ihre Mutter, die tränenüberströmt am Schlafzimmerboden lag und nach Luft rang. Sie hielt das Telefon in der Hand. Dieser Anblick sollte Mathilde nie mehr loslassen.

Wenige Minuten später klingelte es an der Tür. Ihre Tante stand draußen. Unmittelbar nachdem die Polizei angerufen hatte, da Mathildes Vater bei einem Autounfall ums Leben gekommen war, hatte die Mutter ihre Schwester verständigt. Sie suchte keinen Trost, sie ahnte nur, dass sie erst einmal nicht in der Lage sein würde, sich um ihre Kinder zu kümmern. Die Tante meinte, Mathilde solle wieder ins Bett gehen. Eine absurde Anweisung, Mathilde konnte ihre Mutter in der Situation doch nicht allein lassen. Aber sie tat brav, was man ihr sagte. Sie fühlte in dem Moment gar keinen eigenen Schmerz, den des Mädchens, das soeben vom Tod seines Vaters erfahren hatte. Sie registrierte diesen Tod kaum. Das heißt, sie konnte ihn nicht richtig fassen. Die Nachricht war für sie mit keiner konkreten Vorstellung verbunden. Sie nahm den Tod zur Kenntnis, so wie man die Opferzahlen eines Erdbebens oder eines Flugzeugabsturzes am anderen Ende der Welt zur Kenntnis nimmt, ohne sich das Ausmaß der Katastrophe zu vergegenwärtigen. In gewisser Weise glaubte sie, ihr Vater würde trotzdem wieder am nächsten Tag mit ihr beim Frühstück sitzen.

Sie trottete also zurück ins Kinderzimmer, und allmählich drang das Drama in ihr Bewusstsein. Sie betrachtete eine Weile das friedliche Gesicht ihrer schlafenden Schwester, die sich in einer Welt wähnte, die aufgehört hatte zu existieren. Der Tod des Vaters stieß sie beide in eine andere Kindheit, ein anderes Leben. Mathilde wünschte sich, dass Agathe noch lange schlafen, noch lange in der vor der Wirklichkeit geschützten Sphäre verweilen würde. Dieser aufrichtige Wunsch drückte nicht unbedingt das Verhältnis der Schwestern zueinander aus. Die Mädchen lagen sich oft in den Haaren. Ihre Beziehung war ein ständiges Auf und Ab. Die ganze Nacht wachte Mathilde über den Schlaf der Schwester und hörte ihre Mutter weinen.

18

Diese Mutter versank nach dem Begräbnis in tiefe Depressionen. Mathilde und Agathe mussten vorübergehend zu ihrer Tante ziehen, auch wenn sie von dem Beschluss alles andere als begeistert waren. Aber sie sahen selbst, dass ihre Maman den Alltag nicht mehr bewältigte. Es hieß, sie braucht das Alleinsein, um wieder zu Kräften zu kommen. Insbesondere ein Punkt spukte andauernd in ihrem Kopf, niemand wusste davon. Die letzten Worte, die sie mit dem Mann ihres Lebens, dem Vater ihrer Töchter, gewechselt hatte, waren im Streit gefallen. Der Anlass war eine Lappalie gewesen, nichts Wichtiges, und der Gedanke, dass sie so auseinandergegangen waren, machte seinen Tod noch unerträglicher. Vielleicht hatte ihre Reiberei die Tragödie sogar mitverursacht. Nein, das war dummes Zeug, dafür gab es keinerlei Hinweis. Er hatte den Unfall nicht verschuldet. Sie empfand Bitterkeit, Ekel geradezu. Wie gern hätte sie ihm noch einmal gesagt, dass sie ihn liebte, doch dazu war es zu spät.

Sie musste Mut schöpfen, wegen ihrer Töchter. Die Leidenszeit verkürzen. Nach ein paar Wochen kehrten Mathilde und Agathe nach Hause zurück, aber nichts war mehr wie zuvor. Ihre Bemühungen, die neuen Verhältnisse mit Leben zu erfüllen, wirkten künstlich, hatten etwas Aufgesetztes. Sie waren vor allem bestrebt, ihrer Maman keine Sorgen zu bereiten. Sie sprachen keine Probleme mehr an, äußerten keine Bedürfnisse mehr, ihre Herzen schlugen nur noch gedämpft. Eine merkwürdige Stimmung lag in der Luft. Die Mutter zeigte ihren Töchtern Fotos von früher, auf denen ihr verstorbener Mann in den schillerndsten Farben zu sehen war. Sie redete von ihm im Präsens. Das hatte morbide Züge. Die Mädchen schienen sich zu verbünden, eine Einheit gegen den Untergang zu bilden. Der Schicksalsschlag würde sie sicher für immer zusammenschweißen. Der Tod kann Menschen einander näherbringen.

Es sollte anders kommen.

19

Ein paar Monate später verspürte die Mutter einen stechenden Schmerz in der Brust. Sie wurde vom Krebs dahingerafft.

20

Wer auf schreckliche Art kurz nacheinander Vater und Mutter verliert, der weiß, wie zerbrechlich das Glück ist. Étiennes Entscheidung war für Mathilde so etwas wie ein Déjà-vu.

Wenn sie die vergangenen Wochen an sich vorüberziehen ließ, erkannte sie vereinzelte Vorboten des Unheils. Es hatte ihr an Scharfblick gefehlt. Er war schon die ganze Zeit anders gewesen. Sie hatten beide viel gearbeitet, und Mathilde hatte sich lediglich gedacht, das Leben besteht eben nicht nur aus einem sonnigen August. Gelegentlich hatte sie sich sehnsüchtig an Kroatien erinnert und sich dabei gesagt, dass sie noch eine Menge zusammen erleben würden.

Sie hatte Schuldgefühle und schrieb Étienne: »Entschuldige, mir war nicht klar, was in dir vorgeht, was du durchmachst ...« Sie wollte sich nicht eingestehen, dass es vorbei war, und verfasste weitere Nachrichten in dem

Stil. Aber eine verlorene Liebe gewinnt man nicht zurück. Er schwieg, nicht aus Hartherzigkeit, sondern weil er eine schriftliche Interpretation des Zerfalls sinnlos fand. Dennoch hoffte Mathilde, dass er zu ihr zurückkehren würde. Er würde seinen Fehler schon noch bemerken. Sie konnten beide gar nicht ohne den anderen sein. Diese Verdrehung der Realität, diese Blendung bewahrte Mathilde vor dem Zusammenbruch. In der Schule analysierte sie *Die Erziehung der Gefühle*, erklärte tagaus, tagein die Absichten des Autors und wusste doch überhaupt nicht mehr, wie ihr selbst geschah. Immerhin leuchteten ihr die Handlungen der Figuren ein.[2]

21

Zu einer anderen Romanfigur: ihrer Kollegin Sabine. Sie redete am liebsten von sich selbst. Mathilde, seit den jüngsten Ereignissen unfähig, eine Unterhaltung in Gang zu bringen, kam das ganz gelegen. Nun ließ sich Sabine über ihre Liebesaffären aus. Sie hatte ein Abenteuer mit einem Mann gehabt, den sie auf Tinder kennengelernt hatte. »Weißt du, in den Nachrichten, die er mir geschrieben hat, wirkte er völlig entspannt, in Wirklichkeit war er aber furchtbar gestresst. Dermaßen gestresst, dass ich mich gefragt habe, ob die Nachrichten zuvor vielleicht jemand anderes geschrieben hatte. Irgendwann hat er sich dann doch locker gemacht. Wir

---

2 Vielleicht sollte ich auch eine Romanfigur werden, dachte sie.

haben mächtig gebechert, und die Zeit verging wie im Flug. Ich hatte Lust, mit ihm zu schlafen, obwohl ich das beim ersten Rendezvous normalerweise nie mache. Er sah nun mal gut aus. Also habe ich vorgeschlagen, dass wir zu mir gehen. Wir haben es wild getrieben, aber ich hatte mir die Nummer doch besser vorgestellt. Er hat nicht sonderlich viel Rücksicht genommen, wenn du verstehst, was ich meine. Danach hat er sich erst mal eine Zigarette angezündet. Das ist oft ein komischer Moment, man weiß meistens nicht recht, was man sagen soll. Ich wollte aber, dass er zuerst was sagt. Ich will immer, dass der Mann zuerst was sagt. Er hat fünf Minuten gebraucht, bis er einen Ton rausgekriegt hat. Bis er mir mitgeteilt hat, dass er jetzt nach Hause muss. Ist im Prinzip kein Problem, bin ich ja gewohnt, kommt mir sogar entgegen, ich schlafe lieber allein. Und weißt du, was er mir noch verraten hat, dieses Arschloch? Ich war gerade am Überlegen, ob ich ihn fragen soll, wann wir uns wiedersehen, da erzählt er mir, dass er verheiratet ist. Kannst du dir so was vorstellen?«

»…«

»Hörst du mir überhaupt zu?«

»Ja.«

»Er hat noch ein paar Plattitüden von sich gegeben und anschließend gemeint, jetzt halt dich fest: ›Das war ein sehr schöner Abend. Du bist eine tolle Frau, deswegen will ich ehrlich sein und dir die Wahrheit sagen. Zu Hause wartet meine Frau auf mich.‹ Ich bin an sich ziemlich schlagfertig, kennst mich ja, aber in dem Moment ist mir nichts mehr eingefallen. Er hat seine

Unterhose und seine Socken angezogen und ist gegangen. Ich denke mir, wahrscheinlich war alles gelogen, was er mir aufgetischt hat, was er von Beruf ist, welche Hobbys er hat und was er sonst immer so macht. Ich habe danach ganz schlecht geschlafen. Ich halte das nicht mehr aus, diese sinnlosen Verabredungen. Ich lösche mein Profil bei sämtlichen Dating-Apps, ich sterbe lieber als alte Jungfer.«

»Sag so was nicht … du wirst schon noch jemanden finden.«

»Du hast leicht reden. Du schwebst ja im siebten Himmel.«

Mathilde sinnierte über diese Redensart: *im siebten Himmel schweben.* Und wenn man eines Tages abstürzt?

22

Sie war fix und fertig, weil Étienne sich nicht meldete. Sie schrieb ihm, ich muss mit dir reden. Er antwortete nicht. An manchen Tagen war ihr dieser Zustand so unerträglich, dass sie sich in der Schule auf der Toilette einschloss und weinte.

Sie erhielt weiter Nachrichten von Freunden und Verwandten. Mit jeder SMS fühlte sie sich elender. Alle wollten sie sehen, aber sie behauptete, sie habe keine Zeit, zu viel Arbeit. Schließlich ließ sie sich doch erweichen und lud Benoît, Étiennes besten Kumpel, ein. Bestimmt war er in einer besonderen Mission unterwegs, schickte ihn der Henker persönlich, zur Nachsorge sozusagen, dachte sie sich. Hinterher würde er Étienne Bericht erstatten. Wie sollte sie sich geben? Tief betrübt, um Mitleid zu erwecken, oder überglücklich, damit Étienne die Trennung vielleicht bereute? Sie durchschaute das Spiel, Benoît würde ein-, zweimal vorbeikommen, er würde ihr ein paar Nachrichten schreiben, dann würden sie sich wieder aus den Augen verlieren. Mathilde täuschte sich: Benoît handelte nicht in Étiennes Auftrag. Er war ihr gegenüber immer aufmerksam gewesen, hatte sie gern in den Freundeskreis aufgenommen und war ehrlich besorgt um sie.

Als er an der Tür klingelte, guckte sie ihn sich erst einmal durch den Spion an. Er sah ein wenig angespannt aus, etwa so, als würde er sich innerlich darauf einstellen, gleich einer Kranken zu begegnen, die sich in einer extrem alarmierenden Verfassung befand. Er hatte eine Schachtel in der Hand. Wenn da Pralinen drin sind, geht er davon aus, dass ich total deprimiert bin, mutmaßte Mathilde spontan. Sie öffnete ihm, er lächelte breit, spazierte ins Wohnzimmer und verkündete: »Ich habe dir Pralinen mitgebracht.«

Wenige Augenblicke später saßen sie am Tisch, tranken Tee und tauschten Banalitäten aus. Ihre Verlegenheit war greifbar. Sie streiften das aktuelle politische Geschehen, beleuchteten kulturelle Ereignisse und kamen in der Folge auf die Arbeit zu sprechen. Auf keinen

Fall durfte ein Schweigen entstehen, das war die große Herausforderung, ein Schweigen wäre eine Katastrophe gewesen, die sie daran erinnert hätte: dass sie über Étienne reden mussten. Das war der Sinn und Zweck ihrer Zusammenkunft, das lag auf der Hand. Alles andere war schwer verträgliches Vorgeplänkel. Wobei, so kann man es nicht sagen, Mathilde genoss eigentlich die Gesellschaft ihres Gasts, der auf sie einen charmanten, gebildeten und feinfühligen Eindruck machte. Bis zu dem Moment, als er meinte: »Weißt du, für ihn ist es ja auch nicht ganz leicht.«

So etwas wollte sie gar nicht hören. Étienne hatte sie in einen Abgrund gestoßen, insofern durften ruhig ein paar Gewissensbisse an ihm nagen, war es nur gerecht, wenn es für ihn *auch nicht ganz leicht* war, er hatte sich schließlich ohne erkennbaren Anlass von ihr getrennt. Andererseits erhob Mathilde in gewissem Sinne den Alleinanspruch auf das Leiden.

»Er hat dich wirklich geliebt«, fuhr Benoît fort.

»Wahre Liebe ist nicht plötzlich von einem Tag auf den anderen vorbei.«

»Gefühle sind eben unkontrollierbar.«

»Was für Gefühle denn?«

»…«

»Sag mal … Was für Gefühle?«

»Ach, nichts.«

»Du machst so ein komisches Gesicht. Du willst mir doch irgendwas erzählen, oder?«

»Nein.«

»Benoît. Tu nicht so …«

»Ich dachte … er hätte es dir schon gesagt.«

»Ich weiß von nichts.«

»Also …«

»Was?«

»Er war einfach machtlos dagegen.«

»Wogegen?«

»Als er sie wiedergesehen hat.«

»Wen?«

»Na, wen wohl …«

»…«

Das war also der Grund.

Iris war wieder aufgetaucht.

Mathilde stand unter Schock. Benoît hätte seine Äußerungen am liebsten zurückgenommen. Er hatte Mathilde einen Anstands-, ja, einen Freundschaftsbesuch abgestattet, er hatte ihr Pralinen mitgebracht, aber auf einmal hatte er in ihrem Wohnzimmer eine Bombe gezündet, die jeden Moment explodieren konnte, das spürte er. Mathilde bemühte sich, eine gute Figur abzugeben, sich nichts anmerken zu lassen. Sie erklärte, sie sei müde, habe zurzeit viel Arbeit, das sei so ihre Art, mit dieser schwierigen Phase fertigzuwerden. Benoît verstand den dezenten Hinweis, versprach, sich bald wieder zu melden, was er freilich nicht tun würde, und ging.

Und danke noch mal für die Pralinen.

23

Iris.

Iris.

Iris.

Iris.

Iris.

Iris.

Iris.

Iris.

Iris.

Iris.

Iris.

Iris.

Iris.

Iris.

Als wiederholte sie ein böses Zauberwort, schrieb Mathilde mehrere Blätter Papier mit dem verfluchten Namen voll. Warum hatte Étienne das nicht erwähnt? Sie schickte ihm eine Nachricht, in der sie eine Erklärung forderte. Er antwortete ein paar Stunden später (wahrscheinlich liegt er gerade mit Iris im Bett, vermutete Mathilde), er habe nicht die Kraft gehabt, es ihr zu sagen. Die ungeschminkte, nackte Wahrheit. Die ihr einen Strich durch die Liebesrechnung machte. Iris war nach fünf Jahren in Australien zurückgekehrt und hatte wieder ihren Platz an Étiennes Seite eingenommen. Als ob nichts gewesen wäre. Als hätte es Mathilde nie gegeben. Sie war für ihn nur ein Intermezzo gewesen. Alles für die Katz, die Erinnerungen, die Pläne (sie wurde fast wahnsinnig, wenn sie an Kroatien und das Gespräch über die baldige Hochzeit dachte). Ob sie nun eine angeregte Unterhaltung oder einen harmlosen Streit mit ihm gehabt hatte, letztlich hatte er die ganze Zeit auf die andere gewartet.

Das gab ihr den Rest. Bisher hatte sie sich an den Gedanken geklammert, dass sie eine schöne Beziehung gehabt hatte, die ein grausames Ende gefunden hatte, wie alle Beziehungen. Hart, aber so war das Leben. Die berechtigte Annahme, nur ein Notnagel im Herzen eines über alles geliebten Menschen gewesen zu sein, verursachte ein tieferes Leid. Das Gefühl der totalen Erniedrigung. Dabei hatte Iris die ganze Zeit in ihrem Kopf gegeistert. Sie tauchte nicht aus der Versenkung, sondern aus der Vergangenheit auf. Am Anfang war sie sogar allgegenwärtig gewesen. Ein Phantom, das über Mathildes Verhältnis zu Étienne gekreist und manchmal für melancholische Gemütslagen gesorgt hatte. Das Schicksal dieses Mannes, der nach einer Trennung komplett am Boden zerstört war, war Mathilde nahegegangen. Sie hatte viele englische Romane des neunzehnten Jahrhunderts gelesen und hatte daher romantische Vorstellungen vom Schmerz.

Allmählich waren sie ein glückliches Paar geworden. Sich an die Zeit zu erinnern, in der Étienne völlig verrückt nach Iris gewesen war, war natürlich kaum auszuhalten gewesen. Eine neue Liebe ist immer eine Art

Stunde null. Mathilde hatte trotzdem an Iris gedacht und mehr über sie erfahren wollen.

»Erzähl mir doch was von ihr …«

»Willst du das wirklich hören?«

»Ja … glaub schon«, hatte Mathilde erwidert, getrieben von einem seltsamen Verlangen. Sie mochte es manchmal, wenn es wehtat. Über Étiennes früheres Liebesleben Bescheid zu wissen, hieß nämlich, schmerzlich zur Kenntnis zu nehmen: dass er die andere mehr geliebt hatte.

Die Geschichte ging so: Iris und Étienne hatten eine leidenschaftliche Romanze gehabt, bis Iris nach zwei Jahren von einem Tag auf den nächsten einen Schlussstrich gezogen hatte. Sie sehnte sich nach einem anderen Leben. Ihre Berufsaussichten in Paris waren schlecht, sie konnte sich nicht selbst verwirklichen. Sie hatte schon immer irgendwann nach Australien gehen wollen, eventuell für ein paar Monate, eventuell für ein paar Jahre. Das Abenteuer suchen, den eigenen Horizont erweitern, das Übliche eben. Die meisten jungen Europäer träumen davon, nach Australien zu gehen.[3] Die Begegnung mit Étienne hatte sie von ihrem Vorhaben abgehalten, und auch wenn sie ihn liebte, war sie nie das Gefühl losgeworden, dass diese Verbindung ihre eigentlichen Pläne kreuzte. Also beschloss sie aufzubrechen.

---

3 Vielleicht kann man es so sagen: Mit zwanzig träumen sie von Australien, mit vierzig von Indien und mit sechzig davon, sich in der Schweiz niederzulassen.

Sie schien sich ihrer Sache jedoch nicht hundertprozentig sicher zu sein. Bestimmt wäre es besser gewesen, wenn sie einen klaren und deutlichen Bruch vollzogen hätte. »Bitte … geh nicht …«, flehte er sie an. »Wir sind doch glücklich zusammen«, wollte er noch hinzufügen, aber man musste den Tatsachen ins Auge sehen: Eine Frau, die sich ans andere Ende der Welt aufmachen möchte, kann nicht rundum glücklich sein. Er versuchte, sie zu verstehen, ihr Bedürfnis nach Selbstbestimmung und Emanzipation. Aber was für ein Jammer, wenn man dafür die Liebe opfert, dachte er. Das war doch absurd. Manche Dinge gehen zugrunde, weil sie so früh begonnen haben. Iris fand, dass sie noch Erfahrungen sammeln musste. Dagegen kam Étienne nicht an. Sie ließ ihn fassungslos zurück.

Sie wollte Kontakt halten, doch er zog es vor, sämtliche Brücken abzubrechen. Bevor ihre verlorenen Seelen gelegentlich ein Pläuschchen hielten, sollte Iris lieber ganz von der Bildfläche verschwinden. Ab und zu schaute er sich auf Instagram Fotos von ihr an, was ihn jedes Mal deprimierte. Er blockierte sie daher in den sozialen Netzwerken. Sie tat es ihm gleich. Das Ende einer modernen Beziehung.

24

Er hatte einige Affären, bei denen er spürte, wie sehr sie ihm fehlte. Alle Frauen erinnerten ihn an die eine. Iris war seine große Liebe gewesen, die ihn wie eine lebenslängliche Strafe anmutete.

Doch dann schien das Urteil abgemildert zu werden. Étienne schlug ein neues Kapitel auf. Als er Mathilde zum ersten Mal sah, fand er sie ganz reizend. Wenn man ihn fragte, welcher Typ Frau ihm gefiel, hatte er keine Antwort parat. Sein Geschmack war nicht so festgelegt. Theoretisch konnte ihn jede Frau bezaubern oder auch nicht. Von Mathilde war er aber auf Anhieb begeistert. Seine Gedanken waren zwar noch sehr mit Iris beschäftigt, trotzdem hatte er Lust, sich dieser anderen Frau anzunähern. Das Interesse beruhte natürlich auf Gegenseitigkeit.[4] Mathilde kam es so vor, als wäre sie diesem Mann schon früher einmal begegnet, als wäre er bereits ein Teil von ihr, als hätte sie alles geahnt.

Sie hatten sich auf einer Feier eines gemeinsamen Freundes kennengelernt, auf dem Balkon. Das heißt, eigentlich waren sie beide gar nicht so gut befreundet mit diesem gemeinsamen Freund. Es war also eher ein

---

4 Jetzt erst ging Mathilde, die an der Uni eine Arbeit über Flaubert geschrieben hatte, die volle Bedeutung dieses Satzes auf, mit dem der Schriftsteller das erste Zusammentreffen mit dem geliebten Wesen schildert: »Das Universum war plötzlich weiter geworden.«

flüchtiger Freund. Eine jener Gestalten, denen man ein paarmal über den Weg läuft und die dann eine Party geben, die unser Leben verändert.

Die folgende Szene erzählten die Liebenden immer wieder. Pärchen berichten ja gern davon, wie sie Bekanntschaft geschlossen haben, und werden dabei oft total aufgeregt. Sie halten ihre Geschichte für *verrückt* und *unglaublich,* in Wirklichkeit ist sie jedoch meist absolut banal.

»Schon verrückt … dass wir beide gleichzeitig auf diesem Balkon gestanden haben.«

»Ja, unglaublich.«

»Und das Verrückteste war, dass wir überhaupt nicht geraucht haben, weder du noch ich.«

»Ja, unglaublich. Wir wollten bloß frische Luft schnappen.«

»Das ist doch herrlich! Wir haben mal frische Luft gebraucht … und dabei die Liebe gefunden.«

»Besser als andersrum! Die Liebe suchen … und an die frische Luft gesetzt werden.«

»Haha …«

Und sie lachten zusammen über diesen köstlichen Schwachsinn.

Mathilde merkte rasch, dass Étienne häufig in wehmütiger Stimmung war. Iris stand dem Glück, das ihr die Hand reichte, entgegen. Mathilde gab sich alle Mühe, den Trübsinn zu vertreiben und die Zeit mit Étienne in ein Königreich zu verwandeln, in dem für die Geister von gestern kein Platz war. Es gelang ihr nach und nach. Eines Tages verkündete Étienne: »Ist mir schleierhaft, wie ich sie so habe lieben können. Sie ist im Grunde gemein und niederträchtig. Mittlerweile bedeutet sie mir nicht mehr als ein Kissenbezug.« Was einmal gewesen war, spielte keine Rolle mehr. Vorläufig zumindest.

25

Vor ein paar Monaten war Iris nun nach Paris zurückgekehrt. Sie hatte sich sofort bei Étienne gemeldet, weil sie nicht wollte, dass er die Neuigkeit von Freunden erfuhr. Von gemeinsamen Freunden, bei denen sie sich jederzeit zufällig treffen konnten.

Étienne war überrascht. Iris hatte ihm geschrieben: »Ich wollte dir bloß sagen, dass ich wieder da bin. Hoffentlich geht's dir gut. Liebe Grüße, Iris.« Drei schlichte Sätze nach fünf Jahren des Schweigens. Er überlegte, ob er darauf reagieren sollte. Und wenn ja, wie. »Wie schön. Willkommen zurück.« Wartete sie auf ein Zeichen von ihm? Hatte er Lust, sie wiederzusehen? Er war sich nicht sicher. Er stellte sich vor, wie sie sich in einem Café gegenübersitzen, hohle Phrasen dreschen und die verstrichenen Jahre kurz zusammenfassen würden und wie das Gespräch schließlich kläglich verebben würde. Es war eine Menge Zeit vergangen, sie würden sich nichts mehr zu sagen haben. Selbstverständlich würden sie nicht von früher reden, sie würden das heikle

Thema vermeiden. Er würde mit der Frau, die einmal das Wichtigste in seinem Leben gewesen war, eine höfliche Unterhaltung führen. Mit der Frau, mit der er Selbstmord hätte begehen können.[5] Es erschien ihm absurd, sich das anzutun. Also antwortete er nicht.

Einige Wochen später erhielt er erneut eine Nachricht von Iris, in ähnlich unbekümmertem Ton: »Ich verstehe, dass du mir nicht schreibst, aber ich würde gern mit dir Mittag essen. Iris.« Diese zweite Nachricht löste bei Étienne den gleichen Zustand aus wie die erste. Wieder fragte er sich, ob er sie sehen wollte oder nicht. Er dachte sich, dass er sich über eine Verabredung eigentlich freuen würde. Und dass Iris wahrscheinlich deshalb zurückgekommen war, weil sie in Australien gescheitert war. Zufrieden würde er feststellen, dass sie eine Schlappe erlitten hatte, nachdem sie ihn verlassen hatte, ein narzisstisches Vergnügen. Nein, diesen Gedanken hatte er nicht. Er wünschte ihr nur das Beste. Er würde ihr immer nur das Beste wünschen. Irgendwann hatte er nachvollziehen können, warum sie sich von ihm getrennt hatte. Er wollte, dass sie glücklich wurde und den Frieden fand, den sie mit einer Art zurückgehaltener Wut unermüdlich zu suchen schien.

---

5 Dieser Gedanke Étiennes bezog sich auf einen Film von François Truffaut, den Iris genauso liebte wie er: *Tisch und Bett.* Darin sagt Kyoko, die japanische Geliebte von Antoine Doinel: »Wenn ich mit jemandem Selbstmord begehen wollte, dann würde ich es am liebsten mit dir tun.«

Wieder beschloss er, nicht zu antworten, doch dann passierte etwas. Eine absurde, lächerliche Kleinigkeit, die allerdings weitreichende Folgen haben sollte. Er hatte eines Abends einen Streit mit Mathilde, ohne konkreten Anlass. Paare streiten eben manchmal wegen Belanglosigkeiten. Irgendeine SMS hatte zu einem Missverständnis geführt. Mathilde hatte etwas in den falschen Hals bekommen. Vielleicht hatte es ja nur an einem Komma gelegen, das den Ton eines Satzes verändert hatte. Ja, vielleicht hatte ihr Streit tatsächlich mit einem Komma zu tun gehabt. Und dieses Komma sollte das Schicksal aller Beteiligten bestimmen.

Immer noch gereizt nach der Auseinandersetzung ging Étienne am nächsten Morgen aus dem Haus. An solchen Tagen fährt man leicht aus der Haut. Man sagt sich, ich kann nicht mehr. Man hängt düsteren Gedanken nach und weiß doch, dass man sich am Abend wieder versöhnen und wahnsinnig glücklich sein wird. Denn daran konnte kein Zweifel bestehen: Étienne liebte Mathilde. Und dennoch sagte er sich: »Wenn die Sache so ist, schreibe ich jetzt Iris.«

Was er denn auch tat.

26

Étienne erwähnte dieses Mittagessen, zu dem er sich völlig befreit von den Dämonen der Vergangenheit auf den Weg machte, Mathilde gegenüber nicht. Im Restaurant geschah etwas, das sich nur schwer beschreiben lässt. Er kam zu einer Erkenntnis, einer schrecklichen Erkenntnis. In dem Augenblick, in dem er Iris sah, wurde ihm klar, dass er nie aufgehört hatte, sie zu lieben. Eine äußerst verwirrende Situation. Nach dem Essen verließ er schnell das Lokal und schwor sich, sie nie mehr wiederzusehen. Verstört erzählte er am Abend Mathilde, sein neuer Chef stelle ungeheure Anforderungen an ihn.

27

Iris staunte über den Ablauf des Essen. Étienne kam herein (sie saß bereits an einem Tisch) und bemerkte sie sofort, sein Blick wanderte erst gar nicht durch den Raum. Nach kurzem Zögern, wie sie sich begrüßen sollten, entschieden sie sich für Küsschen rechts, Küsschen links. Sie tauschten ein paar Gemeinplätze aus.

»Du hast dich überhaupt nicht verändert.«
»Du auch nicht.«
»Wir haben uns echt fünf Jahre nicht gesehen.«
»Eine ganz schön lange Zeit.«
»Ja, lang ist's her.«

»Aber mir kommt's vor, als wäre das alles gestern gewesen.«

»Mir auch.«

Plötzlich war ihre Unterredung vertraulich geworden. Sie spürten beide, dass sie den Finger in eine Wunde gelegt hatten. Sie gaben ihre Bestellung auf, ohne richtig auf die Karte geschaut zu haben. Étienne sagte:

»Ich kriege keinen Bissen runter.«

»Ich auch nicht.«

»Ich bin jetzt seit fünf Jahren mit einer anderen Frau zusammen«, brachte er hervor.

»Ich weiß.«

»Ich bin eigentlich glücklich mit ihr.«

»Das wünsche ich dir, dass du glücklich bist.«

»…«

Er hatte also nichts erwidert, sondern war aufgestanden und gegangen. Er hatte ihr noch einmal tief in die Augen geschaut, was so viel bedeutete wie: »Es ist unmöglich.« Oder wie heißt es so schön in *Gefährliche Liebschaften*: »Es geht über meine Kräfte.« Ja, es ging über seine Kräfte. Trotzdem ließ er seinen Blick noch einen Augenblick[6] auf ihr ruhen. Ihm war, als bräche die Wirklichkeit über ihn herein.

---

6 Einen Augenblick, der ihm wie eine Ewigkeit erschien.

28

Die Tage zogen vorüber, und Étienne war extrem unbehaglich zumute. Es gelang ihm zu verbergen, was an ihm zehrte. Seine Innenwelt nicht zu zeigen. Eine Welt, in der Iris erneut über allem thronte. Sie empfand ebenfalls große Gefühle für ihn, hatte jedoch nicht vor, seine Idylle zu stören. Ihr war bewusst geworden, dass sie ihn die ganze Zeit geliebt hatte und jetzt vielleicht sogar noch mehr liebte als zuvor. Aber sie wollte nicht aufdringlich sein, sondern seinem Willen entsprechen und ihn in Ruhe lassen. Sie würde nichts tun, was ihn belasten könnte. Es tat ihr leid, dass sie ihn verlassen hatte. Und sie sagte sich, wenn sie irgendwann doch wieder zusammenkommen würden, würde ihre Beziehung auf festen Beinen stehen. Sie hatte viel erlebt, er war gereift.

Einen Monat später trafen sie sich abermals. Diesmal hatte Étienne die Initiative ergriffen. »Hoffentlich bleibst du ein bisschen länger als beim letzten Mal«, hatte sie auf seine Anfrage geantwortet. »Ich bleibe für den Rest des Lebens«, hatte er bereits zurückgeschrieben, den Text aber wieder gelöscht. Sie beschlossen, gemeinsam spazieren zu gehen. Im Gehen redet es sich leichter als im Sitzen. Sie schlenderten an der Seine entlang. Der Himmel war wunderbar grau. Iris erzählte von Sydney, ohne die Dinge schönzufärben. Sie dachte sich: Wenn wir eines Tages wieder ein Liebespaar werden sollten, weiß er am besten gleich alles.

Sie berichtete, dass sie zwei Jahre lang mit einem Australier verheiratet gewesen war. Étienne war verblüfft, er hatte geglaubt, sie würde der Ehe ablehnend gegenüberstehen. Die Neuigkeit war für ihn wie ein Messerstich ins Herz. Kaum auszuhalten, dass sie jemanden offenbar so sehr geliebt hatte, dass sie ihn geheiratet hatte. Die Tatsache, dass er solche Gefühle hatte, bewies immerhin: Er war total verrückt nach ihr. Iris fuhr fort: Sie hatte in einem Ausgehviertel eine kleine Crêperie eröffnet, für eine Bretonin das ideale Geschäft. Der Laden florierte, sie und ihr Mann hatten alle Hände voll zu tun und sahen sich dadurch immer weniger. An den Wochenenden fuhren sie gelegentlich aufs Land, schliefen unter freiem Himmel und redeten sich ein, sie hätten das perfekte Leben. Doch solche Momente waren selten in ihrem bedrückenden Alltag. Iris begann sich zu fragen, was sie eigentlich wollte in Australien, so weit weg von zu Hause. Sie bekam grauenhaftes Heimweh nach Frankreich. Sie war imstande, auf offener Straße französische Touristen anzusprechen, und schaute sich obskure Sendungen auf TV5 Monde an, nur um ihre Muttersprache zu hören. Manchmal schien es ihr, als wäre ihr Land bereits vom Erdboden verschwunden.

Ihr Verdruss blieb ihrem Mann nicht verborgen. Sie hatten sich beide vorgenommen, Kinder zu haben. Er hoffte also, dass sie bald schwanger wurde. Das wäre das Beste, um sie zu binden, fand er. Und sie wurde tatsächlich schwanger. Am Anfang freute sie sich ungemein auf das Baby. Um das Ereignis zu feiern, führte er sie in ein tolles Restaurant aus. Beim Essen unterhielten sie sich über Vornamen. Das Ganze wurde plötzlich ernst.

Es dauerte einige Tage, bis Iris klar wurde, dass sie durch das Kind richtig Wurzeln schlagen würde. Die mit vielen Zweifeln verbundene Einsicht mündete in ein Gefühl des Widerwillens.[7] Sie betrachtete die Schwangerschaft schließlich als etwas, das ihrer eigenen Zukunft entgegenstand. Also vereinbarte sie in einer Klinik einen Termin zur Abtreibung und sagte ihrem Mann, der sich sicher bemüht hätte, sie von ihrem Vorhaben abzubringen, kein Wort davon. Vor dem Eingriff wurde sie mehrmals gefragt, ob ihr Entschluss unwiderruflich sei. In dem Moment, in dem sie endgültig über das ungeborene Leben bestimmen sollte, schwankte sie, bejahte allerdings die Fragen. Beim Verlassen der Klinik war sie völlig niedergeschmettert. Bis zum Abend irrte sie durch ein Sydney, das sie kaum wiedererkannte. Ihr Mann versuchte dauernd, sie zu erreichen, aber sie ging nicht ans Telefon. Irgendwann schlich sie nach Hause und gestand ihm alles. Er starrte sie zunächst ungläubig an, war zu keiner Reaktion fähig. Dann stammelte er: »Das kann doch nicht wahr sein.« Er sagte diesen Satz dreimal, wie eine Beschwörungsformel, die das Geschehene ungeschehen machen sollte. Doch es war nicht

---

7 Étienne hatte den flüchtigen Gedanken, dass Iris das Glück immer zerstört, aus Angst, es könnte vor ihren Augen vergehen.

mehr zu ändern. Er sah seine Frau an, die ihm wie eine Fremde vorkam. Sie schwieg. Es gab auch nichts zu sagen. Es war zu spät. Er verlor die Beherrschung und schlug die gesamte Wohnzimmereinrichtung kurz und klein. So war Iris' Australienaufenthalt zu Ende gegangen.

All das hatte sie Étienne ohne jegliches Pathos geschildert. Ihre Erlebnisse hatten für ihn etwas von Lehrjahren. Iris hatte diesen Abschnitt durchlaufen müssen, um zu sich selbst zu finden.

»Ich glaube, ich weiß jetzt endlich, was ich will.«

»Klingt gut.«

»Alles klappt wie am Schnürchen, seitdem ich zurück bin. Ich habe einen super Job an Land gezogen, bei einer Kochsendung im Internet, die demnächst an den Start geht. Wahrscheinlich werde ich Chefredakteurin. Das ist doch Wahnsinn, oder?«

»Ja, freut mich für dich.«

»Und ich habe auch dich wiedergetroffen …«

»…«

»Du sagst ja gar nichts. Das ist bei dir immer ein schlechtes Zeichen. Bestimmt rennst du gleich noch mal weg.«

»…«

Er sah sie an, und auf einmal küsste er sie.

29

Es war ein überwältigendes, schwindelerregendes Gefühl. Diese Lippen zu küssen, die er vor so langer Zeit
bereits geküsst hatte. Als hätte er plötzlich etwas bemerkt, das immer da gewesen war. »Mir geht's *zurzeit*
nicht so gut«, hatte er zu Mathilde gesagt, weil er nicht
wusste, wie er sich ausdrücken sollte. Weil er ahnte, dass
er ihr Leid zufügen würde. Die Gedanken daran quäl-
ten ihn. Aber andererseits war es ihm noch nie so gut
gegangen wie *zurzeit*.

30

Mathilde hätte mit allem leben können, nur nicht damit. Wenn er eine andere Frau oder zur Abwechslung
auch einmal einen Mann gehabt hätte, wenn er hätte
allein sein wollen, sie hätte sich damit abgefunden.
Aber die Nachricht, dass er wieder mit Iris zusammen
war, war nicht auszuhalten. Mathilde wollte sterben.
Zum ersten Mal ließ sie sich diese Möglichkeit ernsthaft durch den Kopf gehen. Sie überlegte, ob sie aus
dem Fenster springen, Schlaftabletten schlucken oder
sich mit einem Seil erhängen sollte, und verirrte sich im
Labyrinth der unterschiedlichen Mittel und Wege. Allmählich sah sie ein, dass ihr der Mut fehlte, Hand an
sich zu legen. Sie musste weiterleben. Mit dieser schweren Last auf dem Herzen.

31

Am Tag darauf rief sie in der Schule an, um sich krank-
zumelden. Monsieur Berthier war überrascht. Mathilde
gehörte an sich zu jener seltenen Spezies von Menschen, die nie krank wurden. Oder die sogar noch mit
vierzig Grad Fieber Unterricht gaben. Es musste etwas
ganz Furchtbares geschehen sein.

32

Anstatt sich jemandem anzuvertrauen, machte Mathilde allen Leuten weis, es gehe ihr gut. Sie neigte dazu,
die Dinge für sich zu behalten, Freud genauso wie Leid.
Sie war die Diskretion in Person. Andere mit ihren Problemen zu behelligen, widerstrebte ihr. Agathe begriff,
dass irgendetwas Schlimmes passiert sein und sie sich
ihrer Schwester etwas aufdrängen musste. Von sich aus
würde Mathilde niemals um Hilfe bitten. Sie reagierte
auf keine Nachricht, was durchaus ungewöhnlich war.
Agathe hatte sogar schon in der Schule angerufen, wo
man ihr mitgeteilt hatte, dass Mathilde arbeitsunfähig
war. Sie beschloss daher, in der Mittagspause bei ihr
vorbeizuschauen, obwohl sie im Grunde hundemüde
war. Ihre kleine Tochter Lili hatte die halbe Nacht
geweint.

Mathilde öffnete erst nicht. Sie wollte ihre Ruhe haben. Allein sein. Bloß diesen einen Tag. Sie konnte sich

schon denken, dass jetzt ihre Schwester aufkreuzte. Hätte sie doch bloß ihre Nachrichten beantwortet, sie beruhigt. Wie dumm von ihr. Damit hätte sie rechnen müssen, sie hätte sich ja wahrscheinlich genauso verhalten, wenn Agathe sich plötzlich nicht mehr gemeldet hätte. Endlich raffte sie sich auf und schleppte sich zur Tür. Agathe trat wortlos ein, sie verlor kein Wort über den Zustand der Wohnung. Es herrschte ein heilloses Durcheinander bei Mathilde, die im Allgemeinen sehr ordnungsliebend war und zu behaupten pflegte, sie brauche Sauberkeit, um klare Gedanken fassen zu können. Agathe stapfte in die Küche und kochte erst einmal Tee. Sie hatte noch immer keinen Ton gesagt. Ein paar Minuten später kam sie zurück ins Wohnzimmer, wo Mathilde völlig niedergeschlagen auf dem Sofa lag. Agathe näherte sich ihr und strich ihr mit der Hand über den Rücken: »Ich bin für dich da. Du weißt, ich bin für dich da.«

Mathilde hatte eigentlich niemanden sehen wollen. Es war eben ihre Art, Trost in sich selbst zu suchen, ihre Strategie zur Vertreibung von Kummer. Aber als sie die Zuneigung ihrer Schwester spürte, merkte sie, wie absurd es gewesen war zu glauben, sie würde mit dieser Sache allein fertigwerden. Sie brauchte Menschen um sich, die ihr nahestanden, sie brauchte ihre Unterstützung. Also redete sie sich ihren Kummer von der Seele, redete von Iris. Davon, dass Étienne wieder mit Iris zusammen war. Sie meinte, dass das ihr Todesurteil bedeutet. Dass ihre Gefühle abgestorben waren. Agathe wusste nicht recht, was sie darauf sagen sollte. Wahrscheinlich war es das Beste, gar nichts zu sagen. Wozu über die andere Frau herziehen, wozu Étienne als Irren bezeichnen? Die Lage war eindeutig und endgültig. Es galt, sich mit der Niederlage abzufinden. Sie schweigend hinzunehmen. Sie einfach hinzunehmen.

»Hier kannst du nicht bleiben«, stellte Agathe schließlich fest.

»Wo kann ich nicht bleiben?«

»In dieser Wohnung.«

»Das wird sich zeigen.«

»Hier liegt ja noch überall sein Kram rum. So was macht einen doch krank.«

»Stimmt, aber …«

»Aber was?«

»Ich weiß nicht. Ich glaube, ich möchte bleiben.«

»Das ist doch total morbid.«

»Ja, ich komme mir vor wie in einer Totengruft.«

Agathe lief ein kalter Schauer über den Rücken. So hatte sie ihre Schwester noch nie reden hören. Mathilde war sonst immer stark und zuversichtlich. Eine unendliche Traurigkeit überkam Agathe, die sogleich einem Gefühl der Ohnmacht wich. Was sagen oder tun?

»Gehst du morgen wieder zur Arbeit?«, erkundigte sie sich.

»Na klar.«

»Gut. Das Leben muss weitergehen.«

»Was soll denn das jetzt heißen? Natürlich geht das Leben weiter.«

»Du kannst dich auf mich verlassen, weißt du?«

»Ja. Danke.«

»Magst du nicht heute Abend bei uns vorbeischauen, zum Essen?«

»Nein. Ich ruh mich lieber aus.«

»Na gut.«

»Vermisst du Maman eigentlich auch so wie ich?«, fragte Mathilde plötzlich.

»Ja, ich vermisse sie. Sehr sogar.«

»Ich glaube … ich rede von etwas anderem … ich bin nicht nur ein bisschen bedrückt … weil sie halt nicht da ist … sondern … wie soll ich sagen … ich vermisse sie so schrecklich … dass es mich fast zerreißt.«

»Ich verstehe, was du meinst. An manchen Tagen ist es eben schwerer als an anderen.«

Mathilde dachte sich, dass ihre Schwester nicht im Geringsten verstand, was sie meinte. Sie dankte ihr für ihr Kommen. Eine Art, ihr beizubringen, dass sie nun besser verschwand. Agathe schlüpfte in ihren Mantel und wiederholte noch einmal: »Du weißt, ich bin für dich da.« Sie lächelte Mathilde strahlend an und hoffte, dass dieses Lächeln sie aufmuntern würde. Als Agathe in den Aufzug stieg, beschlich sie ein Unbehagen. Mathilde hatte überhaupt nicht nach ihrer Nichte gefragt. Lili war ihr absoluter Liebling, normalerweise verlangte sie immer, die neuesten Fotos zu sehen. Auch daran erkannte man den Ernst der Situation.

33

Am Abend schrieb Agathe Étienne eine Nachricht: »Mathilde geht's echt schlecht. Hoffentlich weißt du, was du tust.«

34

Im ersten Stock des Gebäudes, in dem Étienne und Mathilde zusammengewohnt hatten, befand sich eine psychotherapeutische Praxis: die von Sophie Namouzian. Die beiden hatten oft darüber Witze gerissen. »Bei uns gehen lauter Verrückte ein und aus.« Wenn sie im Treppenhaus einem Patienten begegnet waren, hatten sie gemeinsam Mutmaßungen angestellt, welche Neurose er wohl haben könnte. All das schien wahnsinnig lange her zu sein.

Mathilde wälzte sich seit dem Nachmittag im Bett. Es war schon fast Mitternacht, und sie fand keinen Schlaf. Ihr Körper gönnte ihr keine Erholung, es war bodenlos. Sie fasste den Entschluss, nach unten zu gehen und bei der Therapeutin zu läuten. Niemals hätte sie geglaubt, dass sie zu so etwas fähig sein würde. Sie hasste es, Leute zu belästigen, sie betrat auch keine Cafés, nur um zu fragen, ob sie die Toilette benutzen durfte, und versicherte Bedienungen in Restaurants, das Essen sei vorzüglich gewesen, auch wenn es scheußlich geschmeckt hatte. Sie war eben eine eher zurückhaltende Person, die sich nicht gerne einmischte. Das heißt, mitten in der Nacht bei jemandem zu klingeln, kostete sie eine Menge Überwindung. Aber sie konnte nicht anders. Der Drang, aus sich selbst auszubrechen, war übermächtig.

Madame Namouzian spähte durch das Guckloch, um zu sehen, wer das wohl sein mochte zu dieser Stunde. Sie erkannte ihre Nachbarin kaum wieder. Für gewöhnlich war sie eine hochelegante Erscheinung und trug ein breites Lächeln auf den Lippen; vor allem, wenn sie mit ihrem Freund zusammen die Treppenstufen herunterschwebte. Die zwei waren das perfekte Paar. Aber im Moment wirkte sie extrem angespannt. Und ein wenig gealtert. Die Therapeutin öffnete die Tür.

»Bonsoir …«, begann Mathilde.

»Bonsoir.«

»Es tut mir wirklich leid, dass ich Sie so spät noch störe. Das ist an sich … nicht meine Art.«

»Kein Problem. Was kann ich für Sie tun?«

»…«

»Sagen Sie doch …«

Mathilde wusste gar nicht mehr, warum sie eigentlich gekommen war. Sie stand da und brachte kein Wort heraus. Ihr war dieser Augenblick entsetzlich peinlich. Sie schämte sich. Tränen rannen ihr über die Wangen, sie merkte es nicht einmal. Alles fühlte sich taub an, ihr Gesicht, ihr ganzer Körper. Sophie Namouzian bat ihre Nachbarin herein. Offensichtlich lag etwas äußerst Dringendes vor.

Sie ließ Mathilde auf dem Sofa Platz nehmen und schenkte ihr eine Tasse von dem Kräutertee ein, den sie selbst gerade trank. Nach einem langen Arbeitstag mit vielen Patienten gab es für sie bestimmt nichts Schöneres, als allein zu sein, Tee zu trinken und zu lesen, dachte Mathilde. Und natürlich hatte die Therapeutin eine Katze. Mathilde betrachtete das Tier und überlegte sich, dass sie wahrscheinlich auch bald eine Katze haben würde. Mit Sicherheit stand ihr ein Leben mit Katze bevor.

»Also, was ist passiert?«, fragte Sophie Namouzian mit sanfter Stimme.

»Keine Ahnung.«

»Versuchen Sie, mir die Sache zu erklären.«

»Ja, klar … Das Ganze ist im Prinzip total banal. Mein Freund hat mich verlassen. Das ist alles.«

»Tut mir leid.«

»Danke. Ich …«

»Ja?«

»Ich möchte Sie damit nicht belästigen …«

»Sie belästigen mich nicht.«

»Das ist nett, dass Sie das sagen. Danke … Der Grund, warum ich jetzt bei Ihnen geklingelt habe, ist, dass ich seit Tagen nicht schlafen kann … ich kann in meinem Zustand auch keinen Unterricht halten … also ich bin Lehrerin … ich war heute nicht in der Schule … aber morgen geht's mir bestimmt besser … ich falle ja immer auf die Füße … ich bin mir ganz sicher, dass ich auf die Füße falle … also morgen geht's mir schon wieder besser ... ich muss mit dieser Geschichte fertigwerden ... was bleibt mir auch anderes übrig ... aber ... um damit fertigzuwerden, muss ich schlafen ... auch mal zur Ruhe kommen ... verstehen Sie?«

»Ja, natürlich.«

»Ich dachte, Sie könnten mir vielleicht ein Mittel geben. Damit ich schlafen kann. Ich stelle auch keine Dummheiten an, das verspreche ich Ihnen. Ich habe ja nicht vor ... na ja, Sie wissen schon.«

»Ja, nur damit Sie schlafen können.«

»Genau.«

Mathilde war von dem kurzen Gespräch restlos erschöpft. Sie hatte gewaltige Anstrengungen unternommen, um ihr Problem zu formulieren. Sie hatte ihre ganze Kraft aufbieten müssen. Die Therapeutin ging in ihr Büro und holte eine Tablette Lexomil.

»Sie nehmen nur die Hälfte davon. Das sollte reichen.«

»Danke. Tausend Dank«, sagte Mathilde, als wäre diese Tablette ihre Rettung.

35

Sie schlief tief und fest, wurde jedoch von Angstträumen heimgesucht, in denen sie in Situationen verwickelt wurde, die völlig außer Kontrolle gerieten.

36

Am Morgen wachte sie mit trockenem Mund und steifen Gliedern auf. Sie hatte tatsächlich geschlafen, doch um welchen Preis? Vergeblich bemühte sie sich, ihre Gedanken zu ordnen. Als sie in die Küche wankte, bemerkte sie, dass unter der Wohnungstür ein Umschlag lag. Vielleicht ein Brief von Étienne, den er nachts durch den Spalt geschoben hatte? Er bereute seine Entscheidung. Schnell hob sie den Umschlag auf. Darin befanden sich jedoch ein auf sie ausgestelltes Rezept, Lexomil und ein Antidepressivum, eine Krankschreibung für eine Woche sowie ein kleiner Zettel, darauf stand: »Ihre Geschichte ist überhaupt nicht total banal. Jeder Schmerz ist etwas Besonderes. Kopf hoch. Ich bin für Sie da, wenn Sie mich brauchen. Sophie.«

37

Es gab also doch Menschen, die es gut mit ihr meinten. Mathilde konnte sich allerdings gar nicht mehr so genau erinnern, was sie mit der Therapeutin geredet hatte. Sie hatte sie wahrscheinlich für eine Irre gehalten. Welches Urteil sollte man sonst fällen über eine Nachbarin, die mitten in der Nacht aufkreuzte? Immerhin war es ihr Beruf, sich die Verzweiflung fremder Leute anzuhören. Wie schaffte sie es bloß, dabei ihr inneres Gleichgewicht zu halten? Mathilde versuchte, sich das Leben dieser Frau vorzustellen. Sie hatte jeden Tag mit Neurosen, Depressionen und Phobien zu tun. Da musste man doch komplett abstumpfen, wenn man sich nicht anstecken wollte. Aber trotzdem hatte Sophie Namouzian ihr diesen Umschlag unter der Tür durchgeschoben. Sie zeigte also Mitgefühl.

Mathilde hatte oft den Eindruck, dass die Zweifel und Ängste ihrer Schüler sich auf sie übertrugen. Weil sie Anteil nahm an dem, was die Kinder bewegte. Sie sah sich nicht als Anführerin, sondern eher als Weggefährtin, die den Kleinen die Hand reichte und mit ihnen zusammen den Pfad des Lernens beschritt. Manche Kollegen, wenn sie etwa sahen, wie Mathilde sich um Mateo kümmerte, waren der Ansicht, dass sie sich von der Arbeit »auffressen« ließ, und rieten ihr, mehr Distanz zu wahren, aber das war nicht ihre Art. Sie war einfach so, wie sie war. Nun fragte sie sich, wie der Therapeutin es wohl gelang, die Schwermut, von der sie die ganze Zeit umgeben war, nach Feierabend abzustreifen. Konnte man Gefühle kontrollieren? Sie sehnte sich nach Ferien von ihren Qualen. Sie hätte Rotz und Wasser dafür geheult, wenn sie ihr Leid danach wie ein Auto auf dem Schulparkplatz hätte abstellen können. Es war doch genug, abends zu seinem Elend nach Hause zu kommen, tagsüber durfte man es ruhig einmal vergessen. Mathilde sagte sich, ich muss meinen Körper und meine Gedanken beherrschen. Doch stattdessen verlor sie immer mehr den Halt. Ihr Leben entglitt ihr. Sie konnte nicht mehr essen, nicht mehr schlafen. Es war, als stünde sie unter der Gewalt eines bösen Geistes. Sie erkannte sich selbst im Spiegel, doch das Bild hatte einen anderen Zug angenommen; einen gemeinen, einen hässlichen Zug.

38

Nachdem sie in der Apotheke die Medikamente abgeholt hatte, ging sie zurück in ihre Wohnung. Sie stellte die beiden Schachteln auf den Küchentisch und überlegte eine Weile, ob sie sie gleich wieder wegwerfen sollte. Das entsprach doch gar nicht ihrem Charakter. Zu solchen Mitteln zu greifen. Sie erinnerte sich, wie sie einst ihre im Sterben liegende Mutter im Krankenhaus besucht hatte. Ihre Maman hatte vor dem Essen immer jede Menge Pillen schlucken müssen. Und wozu? Die Ärzte hatten sie sinnlos mit Chemie vollgestopft. Das heißt, nicht sinnlos. Die Chemie hatte wenigstens den Schmerz gelindert. Mathilde hielt inne: den Schmerz lindern. Ja, das wollte sie auch. Wenn ihr schon niemand helfen und sie von ihrem unendlichen Kummer heilen konnte, brauchte sie unbedingt Linderung. Sie schwelgte lange in dem schönen Wort, lindern, und schlug es sogar im Wörterbuch nach.

Lindern: mildern, erträglich[er] machen: jmds. Schmerzen l.

Das war genau das, was sie vorhatte. Sie glaubte nicht daran, dass sie den Schmerz besiegen würde, aber sie konnte ihn dämpfen, ihn mit einem Nebelschleier überziehen. Sie strebte nicht nach Glück, sondern nach gemäßigtem Unglück.

Bevor sie die erste Tablette nahm, scannte sie ihre Krankschreibung und schickte sie per E-Mail an Monsieur Berthier. Die simpelsten Tätigkeiten kosteten sie große Mühe. Aber man musste der Außenwelt vorher Bescheid geben, wenn man in Ruhe dem Untergang entgegentreiben wollte, andernfalls machten die anderen sich Sorgen. Sie hoffte, dass nicht wieder ihre Schwester oder sonst jemand auftauchte. Das Medikament zeigte rasch Wirkung. Mathilde legte sich hin und schlief den ganzen Tag. Eine hervorragende Methode, den Schmerz zu lindern. Wachzustände vermeiden und alles nur noch an sich vorüberrauschen lassen.

39

Monsieur Berthier konnte es nicht fassen. Er war selbstverständlich daran gewöhnt, dass seine Lehrer unter den Belastungen litten. Unter Depressionen, unter Burnout. In Mathildes Fall kam ihm die Sache jedoch reichlich merkwürdig vor. Er glaubte erst, dass sich jemand einen Scherz erlaubt hatte. Das passte doch überhaupt nicht zusammen. Mathilde hatte ihm ein ärztliches Attest geschickt, ausgestellt von einer Psychotherapeutin.

Sie hatte also keine körperlichen Beschwerden. Aber er kannte sie doch. Dieser Zusammenbruch hatte sich nicht angekündigt. Er schauderte bei dem Gedanken, dass man im Grunde nie wusste, was in anderen Menschen vorgeht.

Kurz vor der Mittagspause ließ er Sabine in sein Büro rufen. Während sie den Flur entlanglief, malte sie sich alle möglichen Gründe für diese Vorladung aus. Hatte sich jemand über sie beschwert? Irgendwelche Eltern, ein Schüler? Sie warf sich vor, dass sie ganz schwarz angezogen war, so strahlte sie etwas Düsteres aus, Berthier würde sicher eine Bemerkung loslassen, man sei hier doch nicht in einem Gefängnis, aber wie hätte sie ahnen sollen, dass er sie zu sich zitieren würde? Das war nie vorgekommen in den drei Jahren, in denen sie an der Schule war. Berthier kannte gerade einmal ihren Namen. Sie unterrichtete Spanisch, ein völlig bedeutungsloses Fach. Sogar Sport und Kunst waren wichtiger als Spanisch. Bei den Zeugniskonferenzen fragte niemand nach ihrer Meinung, und wenn sie sich in die Diskussion einschaltete, um darauf aufmerksam zu machen, dass Thibault oder Anaïs sich erheblich verbessert hatten, zogen manche ein schiefes Gesicht, wirklich nicht die feine Art. Wahrscheinlich wollte Berthier Spanisch aus dem Lehrangebot streichen, das war der Grund, weshalb er sie zu sich beorderte. Sie war überflüssig geworden. Vielleicht, dachte sie, sollte man neben den lebenden und den toten Sprachen eine dritte Kategorie von Sprachen erfinden: die veralteten

Sprachen. Das Spanische gehörte auf jeden Fall dazu.[8] Sie musste sich schnell ein paar Argumente zur Verteidigung ihrer Domäne zurechtlegen. Aber ihr fiel keines ein, kein einziges. Sie konnte nicht sagen, warum Spanisch unbedingt weiter unterrichtet werden musste. Die Angst vor der Unterredung mit dem Direktor hatte ihr eine grausame Erkenntnis beschert: die der Nichtigkeit ihrer Arbeit.

Sie betrat das Büro. Monsieur Berthier wirkte irgendwie anders als sonst. Fast so, als würden ihm jeden Moment die Gesichtszüge entgleisen. Etwas Radikales umspielte seine Mundwinkel, und Sabine hatte keine Ahnung, was nun auf sie zukam. Ihre Befürchtung, dass er sie tatsächlich vor die Tür setzen würde, wuchs. Sie wollte so gern die richtigen Worte finden, eine flammende Rede halten, die die Unverzichtbarkeit des Spanischen unterstrich, doch sie blieb stumm. Und wartete auf den Urteilsspruch. Es schien eine Ewigkeit zu dauern, bis er fiel, aber in Wirklichkeit waren es nur wenige Sekunden. Er fiel, nachdem sie sich gesetzt hatte. Und Monsieur Berthier das Gespräch eröffnet hatte:

»Madame Romero, vielen Dank für Ihr Kommen. Ich wollte mich … über ein etwas spezielles Thema mit Ihnen unterhalten.«

»Geht's ums Spanische?«

---

8 Aus spanischer Sicht ist das Französische wohl ebenfalls eine veraltete Sprache. So veraltet man hübsch zusammen.

»Nein, es hat nichts mit Ihrem Fach zu tun. Es geht um Madame Pécheux ...«

»Ach so ...«, seufzte Sabine erleichtert.

»Sie sind doch ganz gut mir ihr befreundet, oder?«

»Ja, das heißt, wir essen öfter mal zusammen. Gibt's etwa ein Problem mit ihr?«

»Nein ... sie ist bloß krank.«

»Mir ist aufgefallen, dass sie heute nicht da ist ... aber ich konnte sie noch nicht anrufen, um mich nach ihr zu erkundigen. Was hat sie denn?«

»Deswegen habe ich Sie herbestellt. Ich dachte mir, vielleicht wissen Sie etwas Genaueres ... Ich frage nur, weil Madame Pécheux ja so eine engagierte Lehrerin ist ... Sie hat noch nie gefehlt ... Daher war ich ein bisschen überrascht ... als ich vorhin eine Krankmeldung von ihr bekommen habe ... für die ganze Woche ...«

»Womöglich hat sie Grippe.«

»Ja ... vermutlich«, gab er zurück. Sabine konnte ihm also keine Hinweise liefern. Oder wollte es nicht.

Berthier hatte die Privatsphäre seiner Lehrer zu schützen. Die Frage, ob Sabine darüber informiert war, dass sich ihre Kollegin in psychotherapeutischer Behandlung befand, brannte ihm auf der Zunge, aber er durfte das nicht so offen ansprechen. Er musste es etwas allgemeiner formulieren:

»Hat sie denn zurzeit irgendwelche persönlichen Probleme?«

»Ich ... weiß es nicht. Sie ist ein eher verschlossener Mensch.«

»Verstehe. Ich danke Ihnen für Ihre Hilfe.«

»Nichts zu danken. Viel habe ich Ihnen ja nicht geholfen. Ich werde mit ihr reden, und wenn ich etwas in Erfahrung gebracht habe, sage ich Ihnen Bescheid ...«

Befreit und bestürzt zugleich verließ Sabine das Büro. Was hatte Berthier aus ihr herauskriegen wollen? Er musste Kenntnis von Vorgängen haben, die ihm Sorgen bereiteten, wenn er eine solche Untersuchung einleitete. Wenn er sich mit einer Krankmeldung nicht zufriedengab. Sabine dachte an ihre letzte Begegnung mit Mathilde und überlegte, ob sie irgendetwas Seltsames an ihr bemerkt hatte. Nein, sie hatte an sich nichts Außergewöhnliches feststellen können.

40

Berthier erkundigte sich jeden Abend per SMS nach seiner erkrankten Lehrerin. Sie antwortete immer dasselbe: »Sehr aufmerksam von Ihnen. Ich brauche Erholung. Bin am Montag wieder da. Keine Panik. Mathilde.« Die Tatsache, dass sie mit ihrem Vornamen unterschrieb, vermittelte ihm das Gefühl: dass sie in einem vertrauten Verhältnis standen.

41

Auch wenn sie durch die Hölle ging, behielt Mathilde, was die Arbeit betraf, einen klaren Kopf. Auf schulischem Gebiet leistete sie Widerstand. Der letzten unbesetzten Zone ihrer Gedankenwelt. Sie musste den Direktor beruhigen, diesen Rat gab ihr Selbsterhaltungstrieb ihr ein. Keine leichte Sache. Die Medikamente erzeugten einen eigenartigen Zustand, eine Mischung aus Erregung und Lähmung. Sie hatte den Eindruck, die einen machten sie munter, die anderen schläferten sie ein. Ein Teufelskreis.

In dieser schwankenden Verfassung verbrachte sie ihre Tage. Manchmal döste sie im Flur auf dem Boden ein, niedergestreckt von der Erschöpfung. Wenn sie wieder zu sich kam, war sie furchtbar aufgedreht, setzte sich an den Computer und googelte, von Rachedämonen heimgesucht, ihre Rivalin Iris. Dabei war Mathilde keine große Expertin in Sachen modernes Leben. Sie bereitete ihren Unterricht in der Bibliothek vor und schlenderte lange zwischen den Regalen umher, auf der Suche nach dem, was sie mit ein paar Mausklicks bequem vom Sofa aus hätte finden können. Sie hatte einen Facebook-Account, den sie nicht pflegte, ohne Profilbild. Wenn man dort ihren Namen eingab, stieß man auf einen Schattenriss.

Aber jetzt wurden andere Saiten aufgezogen. Mathilde starrte stundenlang die Fotos an, die Iris bei Instagram gepostet hatte. Bis sie fast wahninnig wurde. Es tat ungeheuer weh, aber die Schmerzen lösten gleichzeitig so etwas wie ein Wohlgefühl aus. Sie wollte immer noch ein Foto sehen, und noch eins, sie konnte gar nicht mehr aufhören, sich selbst zu martern. Sie scrollte weiter nach unten und entdeckte eine Aufnahme, die Iris und Étienne an einem Strand zeigte. Das Bild musste ungefähr sieben Jahre alt sein. Zurück auf Los. Die beiden lächelten in die Kamera. Erlebten anscheinend ihr Kroatien. Womöglich waren sie gerade wieder an diesem Strand. Das konnte Mathilde allerdings nicht wissen. Denn seitdem Iris zum zweiten Mal mit Étienne zusammen war, hatte sie kein Foto mehr eingestellt.

Beim Googeln hatte Mathilde einen Artikel aufgespürt, der Iris als neue Mitarbeiterin einer Kochsendung vorstellte. Es war wirklich verwirrend einfach, Auskünfte über die Person einzuholen, die ihr Leben zerstört hatte. Mathilde hielt bei dem Gedanken kurz inne: Nein, Étienne war schuld, nicht diese Frau. Er hatte sie verlassen, er hatte ihr Leben zerstört. Und dann änderte sie ihre Meinung wieder: Doch, Iris war bloß nach Frankreich zurückgekehrt, um sie zu vernichten. Es kam ihr nicht in den Sinn, dass man manchmal geradezu wider Willen liebt. Dass sie ein Opfer der Umstände war, dass die Liebe der anderen sich ja nicht gegen sie richtete. Dass niemand sie aus dem Weg räumen wollte. Für sie lief alles darauf hinaus, dass sie nun erledigt war. Dafür mussten die beiden bezahlen. Warum sollte sie die Einzige sein, die litt?

Eine unbändige Wut packte sie. Noch nie hatte sie einen solchen Hass gespürt. Der Hass schmerzte in ihrer Brust, es war fürchterlich. Sie hatte Eifersucht und Neid immer verabscheut und versuchte, ihre bösen Gedanken zu verscheuchen. Sie verstand nicht, was für eine finstere Macht über sie gekommen war, die ihr ihre krankhafte Sicht der Dinge aufzwang. Das war doch lächerlich. Was konnte sie tun? Étiennes Herz war eine nicht zu erobernde Festung. Sie musste alles hinnehmen. Oder sterben.

Sie fasste das Vorhaben ins Auge. An Tabletten herrschte ja kein Mangel. Sie stellte sich vor den Spiegel und betrachtete ihr eigenes Elend. Doch sie ließ ihren Plan wieder fallen. Der Hass, der sie antrieb, verriet ihren Überlebenswillen. Er brodelte mächtig in ihr. Plötzlich beschloss sie, zu einem Spaziergang aufzubrechen. Dieses ewige Nachgrübeln und Dahinvegetieren war doch zu nichts nütze. Sie wollte etwas unternehmen. Jetzt gleich. Sie hatte den Drang, Iris zu treffen und mit ihr zu reden, ja, nur einmal mit ihr zu reden. Ohne sich kurz zu waschen oder sich wenigstens umzuziehen, verließ sie die Wohnung. Ihre Besessenheit machte sie unempfindlich gegen die Blicke der anderen. Die Gefahr, dass sie in ihrem Viertel irgendeinem Schüler oder seinen Eltern begegnete, war jedoch gering. Sie konnte zu Fuß zu dem Fernsehsender gehen, wo Iris arbeitete. Die Firma saß in der Rue de la Fidélité im zehnten Arrondissement. Die Straße der Treue, das klang wie Hohn in ihren Ohren. Das Leben trieb wohl einen schlechten Scherz mit ihr, ihr Unglück diente anscheinend der Belustigung der Götter. Nach ungefähr einer halben Stunde erreichte sie das Gebäude des Senders. Sollte sie reingehen? Und fragen, ob Iris zu sprechen war? Nein, sie wartete besser, beobachtete noch ein bisschen.

Sie setzte sich auf eine menschenleere Caféterrasse, von der aus sie den Eingang des Hauses im Auge behalten konnte. Es war kalt, niemand wollte draußen sitzen. Die Stühle hatte man vermutlich nur für die Raucher aufgestellt.

»Bonjour. Was möchten Sie trinken?«, fragte die Kellnerin.

»Ich weiß es noch nicht.«

»Sie können gern in Ruhe überlegen.«

»Ja, danke.«

Als die Frau ein paar Minuten später erneut an ihren Tisch trat, hatte Mathilde sich immer noch nicht entschieden. Sie war unfähig, eine Wahl zu treffen. Sie hätte einfach irgendetwas sagen müssen, aber sie brachte keinen Ton heraus. Sie war ganz auf den Hauseingang fixiert. Das Weib, das ihr den Freund ausgespannt hatte, konnte jeden Augenblick herauskommen. Ihr Herz schlug wie wild.

»Vielleicht bringe ich Ihnen einen Kaffee?«, schlug die Kellnerin vor.

»Ja, wunderbar.«

Das ist sie, dachte Mathilde jedes Mal, wenn die Tür aufging. Jegliche Gestalt nahm Iris' Formen an. Ihre Welt war voll von Iris. Selbst die Kellnerin konnte Iris sein. Als diese den Kaffee servierte, fragte Mathilde:

»Wie heißen Sie?«

»Constance.«

Endlich. Irrtum ausgeschlossen. Es war wie eine Erscheinung. Sie sah genauso aus wie auf den Fotos. Rötliche, zusammengebundene Haare. Ein wenig kleiner als gedacht. Ein selbstbewusster Gang. Mathilde sprang auf und wollte auf sie zustürmen. Die Kellnerin rief ihr laut hinterher: »Madame! Madame!« Mathilde begriff, dass sie gemeint war, und drehte sich um.

»Was gibt's?«, erkundigte sie sich im Weiterlaufen.

»Sie müssen noch Ihr Getränk bezahlen.«

»Ach so … Entschuldigung … Was macht das?«

»Zwei Euro siebzig.«

Mathilde suchte in ihren Manteltaschen nach ihrem Portemonnaie und ließ Iris dabei nicht aus den Augen. So ein Stress. Ausgerechnet jetzt wurde sie aufgehalten, im ungünstigsten Moment. Sie zog einen Fünfzig-Euro-Schein hervor, drückte ihn der Frau in die Hand und rannte davon. Ehe man ihr das Wechselgeld herausgeben konnte.

Iris war in die erste Straße rechts eingebogen. Mathilde beschleunigte den Schritt, ihre Gegenspielerin durfte ihr auf keinen Fall entwischen. Nach hundert Metern war sie außer Atem. Die Tabletten raubten ihr die Kraft. Ihr Opfer war zumindest noch nicht über alle Berge, mit ein paar beherzten Sätzen würde sie es einholen und zur Rede stellen. Aber auf einmal hatte sie eine andere Idee: Sie konnte Iris auch ein bisschen nachspionieren. Was hatte sie ihr denn schon zu sagen? Sie hatte im Grunde überhaupt nicht vorgehabt, mit ihr zu reden, und sie zu belästigen gleich gar nicht. Das führte doch ins Nirgendwo, so wie ihr Leben. Also was tun? Sie wollte die Flinte nicht ins Korn werfen. Iris übte eine ungeheure Faszination auf sie aus. Nachdem sie das Objekt ihres Hasses bereits stundenlang in den sozialen Netzwerken bewundert hatte, verfolgte sie es nun auf offener Straße. Womöglich würde es Étienne treffen? Die beiden würden vielleicht in ein Restaurant oder ins Kino gehen, nein, in ein Restaurant, sie hatten sich schließlich eine Menge zu erzählen, sie mussten die verlorene Zeit nachholen.

Bei der Formulierung stockte Mathilde: die verlorene Zeit nachholen. So sagt man, wenn sich zwei Menschen lange nicht gesehen haben. Doch in dem Fall war die verlorene Zeit ja die Zeit mit ihr.

Sie hatte große Mühe, nicht den Anschluss zu verlieren. Ihre Beine waren entsetzlich schwer. Das lag sicher an den Medikamenten. Und diese Frau ging so schnell. Das Glück verlieh ihr Flügel. Die Verfassung einer Person lässt sich meist daran erkennen, ob sie flott oder weniger flott unterwegs ist. Eile ist stets ein gutes Zeichen. Das heißt, man wird erwartet. Iris bewegte sich Richtung Pigalle. Wahrscheinlich war sie an der Place de Clichy mit Étienne verabredet. Garantiert war sie das. Mathilde war entschlossen, sich den Anblick ihrer Liebe anzutun. Aber je genauer sie sich das Bild ausmalte, desto langsamer kam sie voran. Und Iris wurde immer schneller. Sie flog förmlich. Nein, das stimmte überhaupt nicht, ihr Schritt war eigentlich ganz gleichmäßig. Also warum vergrößerte sich der Abstand? Mathilde musste sich ranhalten, um nicht abgehängt zu werden. Sie musste rennen. Aber wie? Ihr Körper gehorchte ihr nicht. Alles fühlte sich bleiern an. Sie strengte sich noch einmal an, nahm ihre letzte Kraft zusammen und stürmte über die Straße.

Reifen quietschten, dann war das dumpfe Geräusch eines Aufpralls zu hören.

Mathilde hatte gar nicht nach links und rechts geschaut.

Und eine Autofahrerin hatte im letzten Augenblick gebremst, eine beeindruckende Reaktion.

Mathilde war vor Schreck hintenübergefallen. Rasch versammelte sich eine Gruppe Passanten um sie. Die Leute versuchten, ihr aufzuhelfen, aber Mathilde hatte ein enormes Gewicht. Schließlich gelang es, sie auf eine Bank zu setzen, man wartete auf die Feuerwehr. Die Fahrerin kam auf sie zu. Sie stammelte: »Sie sind einfach über die Straße gelaufen … fast hätt's gekracht … dann wären Sie jetzt tot!« Sie stand offensichtlich unter Schock. Man bedeutete ihr mit eindringlichen Blicken, dass gerade nicht der richtige Moment war, die arme Fußgängerin zu beschuldigen. Sie fand aber, man sollte auch an diejenige denken, die um ein Haar jemanden umgebracht hatte. Mathilde sah auf und starrte sie an. Sie bekam kein Wort heraus und guckte drein wie ein Kind, das eine gewaltige Dummheit begangen hatte.

42

Nach dem Unfall kehrte das Leben in geordnete Bahnen zurück. Oder vielleicht sollte man eher sagen, das Ungeordnete drang nicht mehr nach außen. Mathilde blieb die meiste Zeit zu Hause im Bett und schaute fern, bevorzugt Sendungen, die sie geistig nicht forderten. Der Stumpfsinn stellte sie ruhig.

43

Um nicht völlig benebelt vor ihrer Klasse zu stehen, verzichtete sie am Abend, bevor sie ihre Arbeit wieder aufnahm, auf die Tabletten. Lieber tat sie die ganze Nacht kein Auge zu. Letztlich schlief sie aber gar nicht so schlecht und freute sich am Morgen auf die Schule.

Zuerst stattete sie Berthier einen kurzen Besuch ab, weil sie sich für seine moralische Unterstützung per SMS bedanken wollte. Außerdem hatte sie gemerkt, dass er sich Sorgen machte wegen dieser Therapiegeschichte, und erklärte ihm daher die Sache etwas genauer:
»Vielleicht sollte ich Ihnen das gar nicht sagen, aber

ich bin ganz gut befreundet mit der Therapeutin, die mir das Attest geschrieben hat ... also diese Therapeutin ist meine Nachbarin, um ehrlich zu sein.«

»Aha ...«

»Ein Bekannter von mir hat einen schlimmen Unfall gehabt, und ich musste mich um seine Frau kümmern. Deswegen habe ich mich krankschreiben lassen.«

»Ach so? Das hätten Sie mir auch gleich sagen können ...«

»Ich möchte das hiermit nachholen. Ich will Ihnen nichts vorgaukeln.«

»Danke. Dann bin ich ja beruhigt. Ich muss gestehen, ich war doch leicht überrascht, als ich Ihre Krankmeldung erhalten habe.«

»Das kann ich verstehen.«

»Vor allem, weil das überhaupt nicht zu Ihnen passt. Ich meine ... Sie machen ... so einen stabilen Eindruck.«

»Ich bin sehr stabil«, gab Mathilde lächelnd zurück. »Na gut, ich muss jetzt in meinen Unterricht.«

Sie verließ eilig das Büro, Berthier blieb gar keine Zeit, noch etwas zu erwidern. Doch der Ton ihrer Unterhaltung war so vertraulich gewesen, dass er eigentlich die Gelegenheit hätte nutzen können, um sie zu fragen, ob sie demnächst einmal mit ihm essen gehen will.

Mathilde spürte, sie war vernichtet, am Boden zerstört, das Leben spielte ihr übel mit, aber es gab noch immer einen Ort, an dem sie vor der Gewalt des Schicksals sicher war: die Schule.

Ihre zwölfte Klasse richtete sie auf. Die Jugendlichen lächelten sie freundlich an, erkundigten sich, ob es ihr wieder besser ging, und Mathilde musste ihnen hoch und heilig versprechen, nicht noch einmal krank zu werden, schließlich hatten sie am Ende des Jahres Abiturprüfung. Mateo fiel sichtlich ein Stein vom Herzen. Ihre Schüler mochten sie offenbar. Aber war der Beruf ein Ersatz für die Liebe? Konnte sie Étienne gegen rund dreißig Jungen und Mädchen auswechseln? Ihre Gesichter kamen ihr wie Puzzleteile vor. Wenn man sie zusammensetzte, bildeten sie ein Ganzes.

Zeit, sich wieder der *Erziehung der Gefühle* zu widmen.

Als Frédéric Moreau Madame Arnoux zu Beginn des Romans auf einem Schiff zum ersten Mal sieht, möchte er alles über sie wissen. Der Erzähler betont, dass es Frédéric anscheinend nicht darum zu tun ist, das geliebte Wesen sein Eigen zu nennen, sondern nur darum, Dinge über sie in Erfahrung zu bringen. Edler ist es, nach Wissen zu dürsten als nach Besitz zu streben. Mathilde bat sich Ruhe aus, um diesen Satz vorzulesen: »Die Begierde verschwand sogar in einem tieferen Verlangen, in einer brennenden, grenzenlosen Neugier.«

Sie wiederholte mehrmals: »In einer brennenden, grenzenlosen Neugier.«

Sie ließ die Worte wirken. Es war mucksmäuschenstill in der Klasse. Alle schienen die Formulierung andächtig in sich aufzunehmen. Vereinzelt war ein Flüstern zu hören: »in einer brennenden, grenzenlosen Neugier«. Die Lehrerin erklärte, dass Flaubert hier ein hochaktuelles Thema ansprach, der Drang, sich alle möglichen Informationen über andere zu beschaffen, sei heutzutage sehr weit verbreitet. Ihre Rede rührte natürlich von ihrem eigenen unwiderstehlichen Drang her, alles über Iris herauszufinden. Frédéric hatte den gleichen Antrieb wie sie, er brauchte genaue Auskünfte, und wenn er sie erhalten hatte, holte er diese Auskünfte noch einmal ein. Er drehte sich die ganze Zeit im Kreis und bekam nie genug davon.

Mathilde durchbrach das drückend werdende Schweigen: »Wir haben jetzt noch eine halbe Stunde. Ich möchte, dass jeder von euch einen Aufsatz über den Begriff der brennenden, grenzenlosen Neugier schreibt. Einfach, was euch dazu einfällt. Lasst euren Gedanken freien Lauf.«

45

Mathilde las die Aufsätze abends im Bett. Eine Schülerin hatte geschrieben:

»Jedes große Gefühl verwandelt sich früher oder später in Schmerz.«

46

Die Zeit verging, der Kummer nicht. Wenn Mathilde allein war, fühlte sich das Leid nach wie vor unerträglich an und schien kein Ende nehmen zu wollen. In den Schulstunden gelang es ihr manchmal für ein paar Minuten, nicht an Étienne zu denken, Atem zu schöpfen. Aber sonst spukte er dauernd in ihrem Kopf, seinem verlassenen Reich.

47

Er hatte auf Mathildes Nachrichten nicht geantwortet. Nicht aus mangelndem Mitgefühl, sondern weil es nichts mehr zu sagen gab. Seine Entscheidung, die verheerende Schäden verursacht hatte, war getroffen, was war dem noch hinzuzufügen? Mathilde weiter zu sehen, hätte bloß eine Vergrößerung des Sumpfgebiets bedeutet. Wenn man sich trennen will, darf man keine Rücksicht nehmen. Aber er dachte oft an sie. Manchmal bedauerte er seinen Schritt. Nicht allzu sehr, nur ein bisschen, das heißt, er verspürte einen vagen Schmerz, wenn er sich erinnerte, was sie alles gemeinsam erlebt und wie sie zusammen gelacht hatten. Die armen Erinnerungen, er bog sie sich zurecht, wie es ihm gerade passte. Meist hatte er jedoch das Gefühl, dass er im Moment total aufblühte.[9] Jeder Tag war wie ein neues Leben. Er war rundum glücklich, wenn er an der Seite seiner wunderbaren Freundin im Restaurant Platz nehmen oder sich mit ihr einen schlechten Film anschauen durfte. Nicht einmal der Regen konnte ihm mehr etwas anhaben.

48

Schließlich schrieb er Mathilde doch: »Tut mir leid, dass ich mich nicht früher gemeldet hab. Ich fand's besser so. Hoffentlich geht's dir gut. Ich denk viel an dich. Aber meine Nachricht hat eigentlich einen anderen Grund: Glaubst du, ich kann mal bei dir vorbeischauen? Wir müssen reden. Étienne.«

Mathilde las den Text immer und immer wieder, analysierte jede Silbe. Die kühle Formel »Étienne« am Schluss, der kein »Alles Liebe« oder Ähnliches vorausging, stand in krassem Gegensatz zu dem doch recht herzlichen »Ich denk viel an dich«. Ihre Exegese

---

9 Ein grausames Wort. Als ob er zuvor dahingewelkt wäre.

dieser schlichten Mitteilung wäre der Bibel würdig gewesen. Étienne hatte sicherlich jede Vokabel sorgfältig abgewogen. Aber er hatte nur nett sein und dabei keine Hoffnungen in ihr wecken wollen. Dieser Versuch war gescheitert. Mathilde empfing eine Nachricht von Étienne, schon malte sie sich seine mögliche Rückkehr aus. Er wollte sie sehen, mit ihr reden. Sie stellte sich freilich auch andere Szenarien vor. Vielleicht würde er ihr verkünden, dass Iris ein Baby erwartete. Das konnte durchaus sein. Aber im Grunde dachte sie, dass er zu ihr zurückkommen würde. Er würde garantiert zurückkommen. Ihre Liebe war einfach zu groß. Diese Liebe ging nie zu Ende. Nur ein verbitterter Mensch würde das Ende heraufbeschwören. Allmählich wurde ihr alles klar. Iris war wieder aufgetaucht, sie hatte Étienne den Kopf verdreht, aber mit der Zeit war ihm aufgegangen, dass sie doch ein furchtbar flatterhaftes Wesen war und sich mit ihr keine gemeinsame Zukunft aufbauen ließ. Sie hatte ihn bereits einmal verlassen, warum sollte sie das nicht ein zweites Mal tun? Der Reiz des Neuen verschwand manchmal schneller, manchmal langsamer, aber dieser Reiz war so flüchtig gewesen, dass er rasch unsichtbar geworden war. Der anfängliche Glanz war flugs verblichen.

Kein Vergleich zu ihrer Beziehung zu Étienne, die sich bewährt hatte. Oft hatten sie über andere Pärchen, die nicht sehr freundlich miteinander umgingen, den Kopf geschüttelt. Sie konnten nicht verstehen, wie ein Zusammenleben ohne gegenseitige Achtung möglich war. Man musste sich doch anstrengen, damit jeder neue Tag wie der erste Tag war. Hatte Étienne mal seine schlechte Laune an ihr ausgelassen, hatte sie gesagt: »Früher hast du nicht so mit mir geredet.« Umgekehrt war es genauso. Sie waren dem anderen gegenüber immer aufmerksam gewesen. Sie waren einander nicht überdrüssig geworden. Da war sie sich sicher. Daran hatte es nicht gelegen. Daran, dass der Zahn der Zeit an ihrem Verhältnis genagt hatte. Dieser an sich richtige Gedanke führte sie zu dem Schluss, dass ihre Liebe demnächst einen zweiten Frühling erleben würde.

Sie antwortete umgehend (obwohl sie sich damit eigentlich hatte Zeit lassen wollen), er könne natürlich gern vorbeikommen. Und sie verabredeten sich für den nächsten Tag, den Samstagabend.

49

Schon am Samstagmorgen ging es drunter und drüber in ihrem Kopf. Wie sollte sie sich verhalten? Herzlich oder distanziert? Sie überlegte sich, dass sie sich am besten ganz nach ihm richtete. Aber mit welcher Einstellung würde er bei ihr erscheinen? Erst einmal galt es, ein weiteres Problem zu lösen. Was sollte sie anziehen? Das blaue Kleid, das er so wahnsinnig toll fand? Wenn er jedoch in einem eher lässigen Outfit aufkreuzte, wäre das wohl lächerlich. Sie hatte eine Idee: Sie würde sich verschiedene Sachen zurechtlegen und alles auf dem Bett ausbreiten. Kurz vor der ausgemachten Zeit würde sie in Unterwäsche am Fenster stehen, nach ihm Ausschau halten und die Lage peilen. Sie wohnte im vierten Stock, sie hatte also genügend Zeit, sich (zumindest kleidungstechnisch) der Situation anzupassen. So würde sie ihm auf Augenhöhe begegnen. Sie rieb sich auf, indem sie jeden Atemzug von ihm vorwegnehmen wollte.

Da kam er. Jeans, Pullover und Turnschuhe. Nicht gerade der Aufzug, den man wählt, wenn man eine Liebesbeziehung fortsetzen will. Aber man konnte ja nie wissen. Gut, dass sie auf alle Eventualitäten vorbereitet war. Das schöne blaue Kleid kam eindeutig nicht infrage. Sie zog ebenfalls eine Jeans und einen Pulli an. Damit waren sie beide auf derselben Ebene. Sie hatte die Nase voll davon, mehr zu leiden als er.

Sie rannte ins Bad und schminkte sich ab.

50

Étienne klopfte vorsichtig. Er hätte auch läuten können, aber er kannte ja den markerschütternden Klingelton. Mathilde streifte ein bisschen durch die Wohnung, bevor sie die Tür öffnete. Eine etwas ungeschliffene Art, so zu tun, als wartete sie nicht auf ihn. Als sie ihn vor sich sah, ging es ihr durch und durch. Es war, als ob ihr jemand das Herz oder eine Arterie aufschneiden würde. Sie dachte sich, dass sie ihn immer lieben würde. Schrecklich. Der Schmerz würde nie vergehen, wenn Étienne nicht zu ihr zurückkam. Er sagte Hallo und reichte ihr eine Flasche Wein. Weder begrüßte sie ihn, noch nahm sie ihm die Flasche ab. Nachdem sie einen Augenblick wie angewurzelt dagestanden hatte, fand sie ihre Fassung wieder und entschuldigte sich. Ja, das war das Erste, was sie zu dem Mann, der sie verlassen hatte, sagte: »Entschuldige bitte.«

Sie hatte vor, Ruhe auszustrahlen und zu zeigen, dass es ihr gut ging. Natürlich hatte sie aufgeräumt und auf dem Büfett deutlich sichtbar zwei Theaterkarten platziert, für ein Schauspiel, das sie niemals sehen würde. Der Beweis ihrer Unternehmungslust. Mathilde bekam ja öfter Freikarten, weil sie mit ihren Klassen regelmäßig ins Theater ging. Étienne bemerkte die Tickets (sie waren nicht zu übersehen) und erkundigte sich nach dem Stück. Mathilde, die keinen blassen Schimmer hatte, worum es darin ging, rief begeistert aus: »Ach, ich bin ja so froh, dass ich dafür noch Karten gekriegt habe.«

Étienne schaute sich ein wenig in der Wohnung um. Es mutete ihn unwirklich an, dass er jahrelang hier gelebt hatte. Ihm war, als müsste das ein anderer Étienne gewesen sein. Mathilde beobachtete ihn. Sprachlos. Er sah einfach klasse aus. Seine Bewegungen wirkten extrem leichtfüßig. In den letzten Wochen ihres Zusammenseins war er immer so angestrengt gewesen, dass es ihn fast zu zerreißen schien (immerhin wusste sie jetzt, woher es gekommen war), und auf einmal verströmte er diese unerträgliche Heiterkeit. Es ist hoffnungslos, dachte sie. Er ist überglücklich mit ihr. Er will nie zu mir zurück. Wobei ... er guckt so komisch. Nein, nicht traurig. Melancholisch vielleicht. Oder sehnsüchtig. Womöglich hat er auch Bammel vor dem Gespräch mit mir? Sie hatte keine Ahnung.

Er entkorkte die Weinflasche, schenkte zwei Gläser ein und sagte: »Zum Wohl.« Auf die Liebe, hätte Mathilde in ihrer Verzweiflung beinahe sarkastisch verkündet, aber sie konnte sich gerade noch zusammennehmen. Sie lächelten sich kurz an, es war erbärmlich. Mathilde hielt es nicht mehr länger aus und sprang auf.

»Ich mach mich dann mal ein bisschen zurecht, wenn's dich nicht stört.«

»Nein, aber wozu denn?«, fragte er, doch dann fiel ihm ein: »Oder gehst du etwa noch aus?«

»...«

»...«

»Ja, klar ... ich geh mit Freunden essen.«

Als sie vor dem Badezimmerspiegel stand, dachte sie sich: Dieser Kerl, der da drüben sitzt, ist überhaupt nicht darauf gekommen, dass ich mich auch für ihn schminken könnte. Sie puderte sich ein wenig die Wangen, das half, nicht weinen zu müssen.

Wieder im Wohnzimmer, stellte sie fest, dass Étienne in der Zwischenzeit die halbe Flasche geleert hatte.[10] Bei aller offenkundigen Lockerheit war die Situation anscheinend doch schwierig für ihn. Er war zu Besuch bei der Frau, die er in einen Abgrund gestoßen hatte. Bei einer Frau, mit der er wundervolle Jahre verlebt hatte. Er brachte kein Wort über die Lippen. Das heißt, in Wirklichkeit hatte er seine Worte davor schon gewählt, er hatte geprobt, musste nicht improvisieren. Doch diese Worte glichen denen eines Schauspielers vor einer Premiere. Sie hatten Lampenfieber, weil sie zum ersten Mal vor einem Publikum auftraten.

Étienne hatte eigentlich sofort zur Sache kommen wollen, merkte nun aber, dass er das Ganze nicht überstürzen durfte. Auch er hatte das Bedürfnis nach ein paar einleitenden Sätzen. Nach ein paar einfachen Sätzen. Also fragte er:

»Wie geht's dir?«

»Gut.«

»Wirklich?«

»Ja, so im Allgemeinen … aber kommt natürlich auch auf den Tag an.«

Wäre Mathilde ehrlich gewesen, hätten sie vielmehr den folgenden Dialog geführt:

»Wie geht's dir?«

»Schlecht. Verdammt schlecht. Ich bin am Ende.

---

10 Mathilde fragte sich, wie lange sie im Bad gewesen war.

Ich weiß nicht, wie ich ohne dich leben soll. Und dich hier so zu sehen, macht alles noch schlimmer. Du siehst super aus. Ich vermisse dich wahnsinnig. Jeden Morgen, jeden Abend, jede Minute. Es ist grauenvoll. Du kannst mir das nicht antun. Wir lieben uns doch. Sag, dass du mich liebst. Ich kenne mich selbst nicht mehr, seitdem du weg bist. Ich muss Tabletten nehmen, damit ich schlafen kann, und ich muss auch welche nehmen, damit ich wieder aufwache. Nur die Tabletten bewahren mich vor dem Untergang. So sieht's aus.«

»Wirklich?«

»Ja, wirklich. Und es kommt auch überhaupt nicht auf den Tag an. Es ist immer so. Und ich glaube, es wird immer so sein.«

Ehrlichsein wäre jedoch abschreckend gewesen. Mathilde hatte keine Wahl. Sie durfte ihr Inneres nicht nach außen kehren. Allerdings durfte sie sich auch nicht gleichgültig zeigen. Irgendwie musste sie Étienne spüren lassen, dass sie sich nach seiner Rückkehr sehnte. Die Dinge waren so kompliziert. Was hätte sie darum gegeben, in diesem Augenblick das Richtige tun zu können.

Sie redeten am besten nicht länger um den heißen Brei herum.

Étienne war im Begriff, zum Punkt zu kommen.

Das Reich der Spekulation konnte jeden Moment zusammenbrechen:

»Also … warum ich dich sprechen wollte … Das ist ein heikles Thema.«

»…«

»Hörst du mir auch zu?«

»Ja, klar.«

»Die Trennung war ja sehr schwierig …«

»Schwierig? Für wen?«

»Entschuldige, ich drücke mich ungeschickt aus. Ich meine, das war eine schwierige Entscheidung für mich …«

»…«

»Ich wollte dir den Übergang so leicht wie möglich machen. Deswegen habe ich vorgeschlagen, du behältst die Wohnung, und ich bezahle weiter die Hälfte der Miete …«

»Worauf willst du hinaus?«

»Ich will darauf hinaus … dass das jetzt doch nicht geht. Ich habe nicht so viel Geld. Ich bin fürs Erste bei einem Freund untergekommen, aber ich werde dann demnächst umziehen …«

»Ziehst du mit ihr zusammen?«

»…«

»Sag schon. Ziehst du mit ihr zusammen?«

»Ja.«

»Und deswegen bist du jetzt da? Weil du mit ihr zusammenziehen willst … und weil ich hier raus soll.«

»Ja … also es ist nicht eilig … schau dich einfach ein bisschen um.«

»Ich soll mich umschauen?«

»Ja.«

»Ich will, dass du auf der Stelle verschwindest.«

»Jetzt gleich?«

»Ja. Hau ab. Und wenn du aufkreuzt, um deinen Kram zu packen, gib mir vorher Bescheid. Ich möchte nicht dabei sein. Wir sehen uns nie wieder.«

Étienne stockte der Atem bei dem Ton, den Mathilde anschlug. Ruhig, beherrscht und eiskalt. Wenn Worte töten könnten. Er hielt es nicht mehr aus, stand auf und verließ ohne weitere Bemerkung die Wohnung. Der Schock steckte ihm noch in den Gliedern, als er später mit Iris beim Abendessen saß.

51

Mathilde schritt den Gang zum Klassenzimmer entlang. Seit ein paar Tagen kam er ihr immer länger vor.

52

Nach der Stunde, die anderen waren dabei, ihre Schulsachen wegzuräumen, ging Mateo auf sie zu. Er genoss es, dass die Französischlehrerin ein besonderes Verhältnis zu ihm hatte. Ab und zu wurde er als Streber bezeichnet, aber das war ihm egal. Er hatte eine Frage zum Gebaren von Madame Arnoux in *Die Erziehung der Gefühle*.

Mathilde hatte nach dem Treffen mit Étienne erneut ihre Nachbarin aufgesucht. Die Therapeutin hatte ihr ein Antidepressivum verschrieben. Mathilde hielt sich allerdings nicht an die verordnete Dosierung und nahm das Mittel eher unregelmäßig. In der Arbeit stellte jedoch niemand eine Veränderung an ihr fest. Sie war wie immer, fanden alle, freundlich und motiviert. Zwar hatte sie sich gelegentlich seltsam benommen, zum Beispiel hatte ein Kollege beobachtet, wie sie allein im Klassenzimmer gesessen und mit sich selbst geredet hatte, aber deswegen musste man nicht gleich Alarm schlagen. Sabine hatte den Eindruck, dass sie in letzter Zeit etwas verschlossener war, doch das konnte auch daran liegen, dass die Freundschaft sich abgenutzt hatte. Verschleißerscheinungen treten nicht nur in der Liebe auf. Wenn man fast jeden Tag mit derselben Person Mittag essen geht, erschöpfen sich irgendwann die Unterhaltungen. Die Themen kreisen immer wieder um das Gleiche, Geschichten und Figuren in diesen Geschichten wiederholen sich, der berufliche Rahmen verschärft die Situation. Dass Sabine versuchte, diese Plaudereien mit pikanten Enthüllungen über ihr Sexualleben zu würzen, hatte Mathilde erst recht verschreckt. Sie wollte keine Anekdoten hören, die sich um die Liebe drehten. Trotzdem hätte sie sich um ein Haar bei einer Dating-App im Internet registrieren lassen. Sabine hatte ihr erklärt, dass die Systeme der Unternehmen die IP-Adressen der User erfassten und der Algorithmus solche Partner vorschlug, die in unmittelbarer Nähe wohnten. Mathilde war einsam und verlassen, Étienne lag in Iris' Armen, ja, sie hätte sich fast angemeldet, nicht um jemanden kennenzulernen, sondern um vielleicht einen Mann dort zu finden, der nicht lange fackelte, der sie einfach nahm, der Gedanke daran erregte sie sogar kurz, doch dann fiel sie erneut in die Wirklichkeit zurück: Dieser Gedanke widerte sie vielmehr an.

Sie mied die Gesellschaft der anderen.

Und der Gang schien immer länger zu werden.

Abgesehen davon war jedoch alles wie früher.

Aber noch einmal zu Mateo.

Er war mit seinem Buch in der Hand auf sie zugekommen und hatte eine Frage gestellt, die den Charakter von Madame Arnoux betraf:

»Entschuldigen Sie, Madame Pécheux … was sagen Sie eigentlich zum Verhalten von Madame Iris?«

»…«

Unter den verwunderten Blicken der anderen Schüler hatte Mathilde dem Jungen eine schallende Ohrfeige verpasst. Er taumelte gegen die Wand. Einen Moment lang saß er benommen da, dann füllten sich seine Augen mit Tränen. Mathilde, die ebenfalls einen Augenblick reglos dagestanden hatte, stürzte auf ihn zu und entschuldigte sich. Was sollte sie nun machen? Sie versuchte, ihm aufzuhelfen, beteuerte, dass sie selbst nicht wusste, was gerade mit ihr los gewesen war, dabei wusste sie es ganz genau, Mateo hatte von Iris gesprochen, sie hatte schon richtig gehört, sie war doch nicht verrückt, das konnte ja wohl nicht wahr sein, er hatte tatsächlich Iris gesagt, wenn sie es nämlich gehört hatte, musste es daran gelegen haben, dass er es gesagt hatte.

Ein Schüler verständigte den Direktor. Monsieur Bert-hier erkannte sofort die Bedeutung des Vorfalls, denn die Backe von Mateo war rot und geschwollen. Die Ohrfeige war äußerst heftig gewesen. Er veranlasste eine ärztliche Versorgung. Mateo schlich davon, während Mathilde weiter Entschuldigungen stammelte. In Wahrheit brachte sie jedoch kein Wort über die Lippen.

53

Sie saß beklommen im Büro des Direktors.

»Möchten Sie einen Tee?«

»...«

»Madame Pécheux, möchten Sie einen Tee?«

»Nein, danke.«

»Jetzt erklären Sie mir mal, was passiert ist.«

»...«

»Sie werden mir das schon erklären müssen ...«

»...«

»Das ist kein Pappenstiel. Sie können einem Schüler nicht einfach so eine runterhauen ...«

»Er hat überhaupt nichts gemacht.«

»Sie meinen, dass Sie ihn vollkommen grundlos geschlagen haben?«

»Ja.«

»Hören Sie, Sie müssen mir den Vorgang etwas ausführlicher beschreiben. Die Eltern von Mateo werden wahrscheinlich Anzeige erstatten wollen. Vielleicht kann ich das ja verhindern. Sie verteidigen. Aber dazu müssen Sie mir ein bisschen helfen.«

»Ich habe zu meiner Verteidigung nichts zu sagen. Ich habe keine Ahnung, warum ich …«

»Haben Sie denn zurzeit irgendwelche persönlichen Probleme?«

»Nein.«

»Mich macht das Ganze furchtbar traurig. Denken Sie gut darüber nach, wie Sie sich zu der Angelegenheit äußern werden. Morgen bleiben Sie erst mal zu Hause. Sie sind vom Dienst freigestellt. Ich lege meine Hand für Sie ins Feuer, das wissen Sie. Ich werde sagen, dass Sie total überarbeitet waren … genau. Ich glaube, Sie brauchen ein wenig Erholung. Dann hoffen wir mal, dass die Sanktion nicht allzu hart ausfallen wird. Das Dumme ist natürlich … dass Sie ihn vor der ganzen Klasse geohrfeigt haben. Dass es jede Menge Zeugen gibt. Das macht die Sache schwierig.«

»…«

Mathilde schwieg. Sie konnte es selbst nicht fassen. Nie war sie gegen irgendjemanden gewalttätig geworden. Doch sie hatte gehört, was Mateo gesagt hatte. Iris hatte er gesagt. Sie versuchte, sich auf den Standpunkt zu stellen, dass er sie provoziert hatte, ihren Schlag zu rechtfertigen, aber es war unmöglich. Er hatte sicher nicht diesen Namen ausgesprochen. Sie musste sich eingestehen, dass sie wohl eine Stimme gehört hatte.

54

Es war sinnlos, um den Job zu kämpfen, dachte sie sich abends allein im Finstern. Das Leben verzieh keinen Fehltritt. Und sie hatte sich sogar einen katastrophalen Fehltritt geleistet, sosehr sie sich auch für ihn entschuldigen würde. Ein kurzer Moment der Entgleisung genügte, um all die schönen Jahre vergessen zu machen. Die Strafe würde drastisch sein. Aber sie fühlte sich zu schwach, um dem Unrecht die Stirn zu bieten, sie war nicht einmal wütend.

55

Auf die Gefahr hin, der guten Frau lästig zu werden, suchte Mathilde wieder Madame Namouzian auf. Erneut ohne Termin und außerhalb der Arbeitszeit. Aber Mathilde brauchte jemanden zum Reden. Sie wäre auch imstande gewesen, den erstbesten Passanten auf der Straße anzusprechen und ihm ihr Leid zu klagen. Wie eine Geistesgestörte.

Die Therapeutin war gerade mit dem Abendessen fertig. Sie war wie so oft allein. Als sie die Tür öffnete und Mathilde draußen stand, wirkte sie nicht weiter überrascht. Wer einmal nächtlichen Besuch empfangen hat, stellt sich schon darauf ein, dass er wiederkommen wird. Mathilde entschuldigte sich und versprach, nicht lange zu bleiben. Doch plötzlich hatte sie ein seltsames Gefühl:

das Gefühl, dass es der Therapeutin ebenfalls nicht gut ging. Das war doch unglaublich. Ärzte und Ärztinnen müssen immer gesund und munter sein. Eine Therapeutin muss sich selbst verwirklichen. Offenbar hatte Mathilde erwartet, von einer weisen Frau eingelassen zu werden, die eine spirituelle Aura umwehte und die hoch über den banalen Dingen des Alltags schwebte. Im Grunde sah es aber eher so aus: Sophie Namouzian war nach einem langen Arbeitstag müde und wollte nur noch eins, ihren Kopf ausschalten und vor dem Fernseher dösen. Sie fühlte sich zu keiner konstruktiven Unterhaltung fähig, aber sie hatte keine Wahl. Sie musste sich um ihre Nachbarin kümmern, die sich vor ihren Augen aufzulösen schien.

Sie mochte Mathilde nicht wie eine Patientin behandeln und bot ihr erneut einen Tee an. Sie setzten sich in die Küche. Der Tee war ein »Gute-Nacht-Tee«. Vielleicht kann ich danach schlafen, dachte Mathilde. Vielleicht flößt mir dieser Tee Schlaf ein. Sie wünschte es sich so sehr. Vergeblich, der Tee flößte ihr nur Illusionen ein.

»Wie geht es Ihnen?«, erkundigte sich die Therapeutin.

»Schrecklich. Ich habe einem meiner Schüler eine runtergehauen.«

»Wie ist das passiert?«

»Ich mag diesen Jungen eigentlich echt gern. Ich habe gedacht, er meint was anderes. Ich habe gedacht, er redet von Étiennes neuer Freundin. Keine Ahnung, warum … Dabei hat er Madame Arnoux gemeint …«

»Madame Arnoux?«

»Ja … Madame Arnoux in der *Erziehung der Gefühle* … na ja, ist ja auch egal …«

»Wissen Sie, so was kommt sehr oft vor. Wenn man von einer Sache wie besessen ist, begegnet sie einem in jeder Situation.«

»Ich habe mich völlig danebenbenommen. Das war überhaupt nicht ich.«

»Verstehe. Aber Sie hatten einen schweren emotionalen Schock. So was bleibt nicht ohne Folgen.«

»Was für Folgen?«

»Na, zum Beispiel, was Sie mir gerade erzählt haben. Realitätsverlust.«

»Stimmt … Ich habe manchmal den Eindruck, dass die Realität mir entgleitet. Aber jetzt bin ich ganz klar im Kopf. Kann das vielleicht mit den Medikamenten zusammenhängen, die ich nehme?«

»Nein, die Medikamente stellen Sie bloß ruhig. Noch mal, ich glaube, das kommt eher von dem Trauma, das Sie erlitten haben.«

»Sie wollen mir gut zureden, aber in Wirklichkeit bin ich dabei, total verrückt zu werden.«

»Wenn Sie verrückt wären, würden Sie sich gar keine Vorwürfe machen. Dann würden Sie versuchen, Ihr Vergehen zu rechtfertigen.«

»Meinen Sie, dass alles wieder gut wird?«

»Ja. Aber das wird wohl einige Zeit dauern. Sie brauchen ein bisschen Mut und jemanden, der Ihnen hilft.«

»…«

»Haben Sie jemanden? Aus der Familie? Freunde?«

»Nein.«

»Und was ist mit Ihrer Schwester? Haben Sie nicht neulich gesagt, dass Ihre Schwester Sie besucht hat? Sie hat Sie doch wahrscheinlich deswegen besucht, weil sie sich Sorgen gemacht hat, oder?«

»Meine Schwester?«

»Ja.«

»Wir stehen uns eigentlich nicht besonders nahe.«

»Na gut, ich bin jedenfalls da, wenn Sie mich brauchen. Sie haben anscheinend zurzeit eine Pechsträhne. Nehmen Sie heute eine Schlaftablette. Sie müssen sich ausruhen …«

Mathilde wollte sich für die Ratschläge bedanken, konnte sich aber nicht dazu durchringen. Natürlich war die Therapeutin nett, Mathilde spürte jedoch noch etwas anderes. In ihrem Blick. Man musste schon genau hinschauen, um es zu bemerken. Mathilde erkannte in diesem Blick so etwas wie eine heimliche Freude. Diese Frau ergötzte sich am Unglück ihrer Mitmenschen, die Anteilnahme war bloß vorgetäuscht. Deswegen ließ sie sie herein, um sich an ihrem Elend zu laben. Noch ein kleiner Spaß vor dem Ins-Bett-Gehen. Wahrscheinlich hatte sie ihr auch die falschen Medikamente gegeben, das war der Grund, warum sie dem armen Jungen eine runtergehauen hatte, sie musste schleunigst aufhören mit dem Quatsch, allmählich wurde ihr alles klar, sie sollte eine Schlaftablette nehmen, damit sie auch schön benommen war, nein, Schluss jetzt, sie würde nie wieder ihre Nachbarin um Hilfe bitten. Und wenn sie ihr im

Treppenhaus über den Weg lief, würde sie nicht einmal Guten Tag sagen.

56

Das Verfahren war schnell abgeschlossen: Mathilde wurde wegen der Ohrfeige bis auf Weiteres suspendiert. So lautete der Beschluss. Der Sinn ihres Lebens war dahin. Sie hatte sich bemüht, einer Strafe zu entgehen, hatte mit Mateos Eltern gesprochen und diese überredet, von einer Anzeige abzusehen. Nicht zuletzt aufgrund der zahlreichen Zeugen des Vorfalls wurde ihr Verhalten dennoch sanktioniert. Zu ihren Ungunsten wirkte sich noch ein anderer Faktor aus: die Geschichte mit dem ärztlichen Attest. Berthier hatte sich nach Mathildes Kurzschlusshandlung mit Sophie Namouzian in Verbindung gesetzt. Die Therapeutin hatte bestätigt, Mathilde für eine Woche krankgeschrieben zu haben. Der Direktor folgerte daraus, dass Mathilde ihn angelogen hatte, sie war sehr wohl in psychotherapeutischer Behandlung. Er hatte daher nicht Partei für sie ergriffen. Er ahnte, auch wenn er es sich nicht recht eingestehen wollte, dass seine Lehrerin innerlich nicht mehr gefestigt war. Als sie die schlechte Nachricht erhielt, versuchte er, sie zu trösten: »Das ist nur für ein paar Wochen ... Sie müssen sich jetzt erst mal erholen ... Ihr seelisches Gleichgewicht finden ... aber ich bin jederzeit für Sie da ... Sie werden bestimmt wiederkommen, versprochen ...«, sagte er, obwohl er genau wusste, dass es ganz schwer werden würde für Mathilde, auf ihren Posten zurückzukehren.

57

Am Tag ihrer Entlassung weinte Mathilde stundenlang. Eher würde sie über ihren Liebeskummer hinwegkommen, dachte sie, als darüber, ihre Schüler im Stich lassen zu müssen. Wie würde es ihnen ohne sie ergehen? Vor allem Mateo, der sie doch brauchte. Möglicherweise hatte er ein Trauma davongetragen und würde nun den Boden unter den Füßen verlieren. Sie fühlte sich wahnsinnig schuldig.

Eine Woche später erfuhr sie, dass ihre Vertretung die Lektüre der *Erziehung der Gefühle* nicht fortsetzte, sondern stattdessen einen anderen Roman behandelte. Ihr Werk blieb unvollendet.

58

Die Therapeutin hatte von einer »Pechsträhne« geredet. Wie so oft wollte Mathilde der Sache sprachlich auf den Grund gehen. Das Wörterbuch war ihre letzte verlässliche Quelle. Sie las: »Vorübergehende Aneinanderreihung von Missgeschicken, Misserfolgen.« Aha. Missgeschick, Misserfolg, einverstanden. Das war aber noch gelinde gesagt. »Vorübergehend« klang an sich beruhigend, konnte allerdings auch beunruhigend sein. Wann war die Pechsträhne denn vorbei? Wenn alles vorbei war. Nachdem sie ihr restliches Leben an den Folgen dieser Pechsträhne gelitten hatte.

59

Der Morgen graute, an dem Étienne anrückte und seine Kisten packte. In zwei Wochen musste die Wohnung geräumt werden. Mathilde wusste nicht, wohin. Sie war zu keiner Entscheidung fähig. Sie setzte sich erst einmal in ein Café, um Étienne und den Leuten, die ihm beim Umzug halfen, aus dem Weg zu gehen. Am Abend kehrte sie in ein halb leeres Heim zurück. Ein grausamer Anblick, das ehemalige Zuhause, das sich in ein Bild der Verwüstung verwandelt hatte. Diese Kulisse spiegelte ihr Inneres wider. Eine Trümmerlandschaft. Die Krönung war, dass er alles dagelassen hatte, was an ihre gemeinsame Vergangenheit erinnerte. Alles. Die gerahmten Fotos von ihnen beiden, die Kissen, die sie zusammen gekauft hatten, die Souvenirs aus Kroatien, all das interessierte ihn nicht mehr. Sie musste mit dieser Vergangenheit allein fertigwerden.

60

Die folgenden Tage, von denen einer wie der andere war, verschmolzen zu einem unendlichen Gebilde. Mathilde war vollkommen orientierungslos, ging nicht mehr ans Telefon, kaufte nicht einmal mehr ein. Sie trieb einem Abgrund entgegen. Jemand schien an die Tür zu klopfen, doch sie war sich nicht sicher. Was der Schüler gesagt hatte, dem sie einfach eine geknallt hatte, hatte sie sich ja auch zusammenfantasiert. Konnte sie denn beweisen, dass wirklich jemand klopfte? Ihr kam dieses Klopfen immer lauter vor. Ihre Schwester Agathe hatte die Feuerwehr alarmiert, anscheinend war sie in großer Sorge. Mathilde machte einen total verstörten Eindruck, den eines verängstigten Tiers.

61

Nach ein paar Stunden hatte Agathe das Gefühl, dass Mathilde wieder bei Sinnen war. Sie weinte in den Armen der Schwester, die ihr tröstende Worte zuflüsterte. Agathe ließ ihr ein Bad ein und wusch ihr die Haare.

»Magst du nicht zu mir in die Badewanne kommen?«, meinte Mathilde.

»Jetzt gleich?«

»Ja. Wie früher, als wir noch klein waren.«

62

Agathe ging einkaufen, füllte den Kühlschrank und schuf Ordnung in der Wohnung. Danach sah es wieder ganz manierlich aus. Die Spuren der Katastrophe waren beseitigt. Mathilde aß ein bisschen und bedankte sich.

»Du hättest mich anrufen müssen«, bemerkte Agathe, die ihren Groll zurückhielt.

»Ich weiß.«

»Du weißt, aber du willst nichts hören.«

»Ich will dir nicht zur Last fallen. Du hast ja dein eigenes Leben. Und ein kleines Kind.«

»Zur Last fallen, wie kannst du so was sagen? Ich fühle doch mit dir mit, wenn es dir schlecht geht.«

»Ja.«

»Wir sind doch Schwestern.«

»Ich weiß.«

»Wir müssen reden.«

»Über was?«

»Du musst in vier Tagen aus der Wohnung raus.«

»In vier Tagen schon?«

»Ja. Hast du denn irgendeinen Plan, wo du hinziehen willst?«

»...«

»Okay, dann kommst du zu uns. Wir stellen Lilis Bett derweil zu uns ins Schlafzimmer.«

»Meinst du wirklich?«

»Na klar. Ich kann dich doch jetzt nicht allein lassen. Ich werde mich um dich kümmern. So lange, bis es dir besser geht. Und bis du eine neue Wohnung gefunden hast. Du musst dich aufrappeln.[11]«

»Du bist immer so positiv.«

»Du bist im Prinzip auch ein positiver Mensch. Sieht man bloß gerade nicht so …«, sagte Agathe und unterdrückte dabei ein Lachen.

Aber dann konnte sie sich das Lachen doch nicht verkneifen. Und es steckte Mathilde an. Wie lange hatte sie nicht mehr gelacht. Sie lachte nervös und unkontrolliert, aber es tat unglaublich gut. Die zwei Schwestern schienen sich zu verstehen. Mathilde konnte sich gar nicht erklären, warum sie Agathe nicht schon früher um Hilfe gebeten hatte. Sie hatte wohl gedacht, sie würde diese Probe allein bestehen müssen, aber das Ergebnis war: Sie siechte langsam in ihrem Wohnzimmer dahin.

63

Agathe war recht pragmatisch veranlagt. Sie besprach mit Mathilde den anstehenden Umzug. Sämtliche Möbel würden erst einmal in einem Lager untergebracht werden, Mathilde würde nur Kleidung zu Agathe mitnehmen. Ihr Mann Frédéric würde einen Transporter mieten und das Ganze organisieren. Mathilde konnte sich auf sie verlassen. Sie musste ihre Probleme nicht alleine lösen.

---

11 Ein treffender Ausdruck, fand Mathilde. Sie war gefallen, also musste sie sich wieder aufrappeln.

64

Sie warf einen letzten Blick ins Wohnzimmer.
Einen letzten Blick auf ihr altes Leben.
Dann zog sie die Tür hinter sich zu.

Es war vorbei.

ZWEITER TEIL

1

Mathilde lag die ganze Nacht mit offenen Augen wach. Die vergangenen Monate zogen wie ein Film an ihr vorüber. Ein Film, der in Kroatien begann und in dem Kinderzimmer endete, in dem sie gerade versuchte zu schlafen. Der wundervolle sommerliche Sternenhimmel war einem anderen Sternenhimmel gewichen, dem Sternenhimmel an der Zimmerdecke. Ja, sie betrachtete eine Gruppe billiger Plastiksterne, die an der Decke klebten, zu irgendeinem Sternbild formiert. Sie war ergriffen von der Schönheit des Anblicks, aber dann sagte sie sich: Die Sterne sind schön, aber sie sind nicht echt.

2

Sollte Mathilde eine Bedeutung darin erkennen, dass sie in einem Kinderzimmer war? Man hätte diesen Aspekt als Chance, als Symbol des Neuanfangs begreifen können. Doch davon war sie weit entfernt. Sie hatte eher den Eindruck, noch tiefer zu fallen, obwohl sie doch nur reglos im Bett lag. Sie sah keine Anzeichen dafür, dass ihr Zustand sich verbesserte. Jeder Tag ohne Étienne war für sie ein Grund weniger zu leben.

3

Agathe lugte am frühen Morgen vorsichtig herein, um zu sehen, ob auch alles in Ordnung war. Sie hatte nicht geklopft, sondern einfach die Tür aufgemacht, als wäre ihre Tochter im Zimmer. Mathilde hatte sich schlafend gestellt, um sich nicht unterhalten zu müssen. Sie wartete, bis die anderen aus dem Haus waren, bevor sie aus ihrem Schlupfwinkel kroch. Auf dem Küchentisch fand sie einen Zettel: »Es ist noch Kaffee zum Frühstück da, auch Brot. Wenn du irgendwas brauchst, kannst du mich jederzeit anrufen. Komme mit Lili gegen sechs nach Hause. Bis heute Abend, meine Liebe. Agathe.« So viel Liebenswürdigkeit war unerträglich. Die freundlichen Worte, voll zarter Aufmerksamkeit, widerten Mathilde geradezu an. Die Schwester ließ sie ihre Überlegenheit spüren und tat so, als wäre sie komplett bescheuert.

Mathildes Wut war durchaus verständlich. Man sucht sich gern jemanden, dem man die Schuld an den eigenen Problemen gibt. Agathe war ein perfekter Sündenbock. Aber Mathildes Meinungen änderten sich schnell. Bereits im nächsten Moment nahm sie sich ihre bösen Gedanken übel. Was wäre denn aus ihr geworden, wenn sie ihre Schwester nicht gehabt hätte? Möglicherweise war es der Kummer, der sie beide einander wieder nähergebracht hatte, das war schon seltsam. Sie hatten lange nichts mehr zusammen unternommen. Ihr Verhältnis war immer oberflächlicher geworden. Bei ihren letzten Begegnungen war es ständig um Lili gegangen. Étienne war auch öfter dabei gewesen. Mathilde hatte gehofft, die Treffen mit dem Baby würden die Lust in ihm wecken, selbst Kinder zu haben. Sie erinnerte sich daran, wie gerührt sie gewesen war, als er die Kleine zum ersten Mal im Arm gehalten hatte. Solche Bilder konnte sie sich jetzt aus dem Kopf schlagen.

Seitdem Lili auf der Welt war, sahen sie sich also wieder häufiger. Aber sie hatten nicht viel gemeinsam. Eigentlich war *die Tatsache, dass sie Schwestern waren,* das Einzige, was sie verband.

4

Mathilde schaute sich im ehelichen Schlafzimmer um. Nachdem sie ein wenig auf dem Bett herumgesessen hatte, öffnete sie eine Schublade. In der befand sich die Unterwäsche ihrer Schwester. Beim Durchforsten einer weiteren Schublade entdeckte sie Reizwäsche. Es fiel ihr schwer, sich Agathe in Strapsen oder in einem sexy Body vorzustellen. Diese Kommode enthielt ja ein ganzes Sexualleben. Sie versuchte, sich auszumalen, wie Agathe in derartigen Monturen Frédéric auf Touren brachte. Sicher ein recht erbärmliches Schauspiel.

Sie verbrachte den Tag damit, in der Privatsphäre des Paars herumzuschnüffeln. Sie stieß auf alte Liebesbriefe. Das war doch blanker Hohn. Das Glück der zwei führte ihr ihr Leid drastisch vor Augen. Sie traf die grausame Feststellung, dass Agathe und Frédéric sich liebten, dass sie alles hatten, was sie nicht mehr hatte. Und fing an zu weinen.

Sie war völlig in Tränen aufgelöst, als ihre Schwester nach Hause kam. Agathe eilte zu ihr, doch beim Anblick der am Boden verstreuten Briefe blieb sie abrupt stehen:

»Hast du die ganzen Briefe gelesen?«

»Ja, entschuldige.«

»Hör mal, Mathilde, wir nehmen dich hier auf. Wir tun alles für dich. Aber man steckt seine Nase nicht in Dinge, die einen nichts angehen.«

»Ja, ich weiß … bist du mir böse?«

»Nein, ist halb so wild.«

»Echt?«

»Echt.«

»Ich tu's auch nie wieder, versprochen. Und bitte, erzähl's nicht Frédéric.«

»Wieso?«

»Weil er ja so ein lieber Kerl ist. Das ist sicher nicht leicht für ihn, dass ich mich einfach bei euch eingenistet habe … und wenn ich dann auch noch …«

»Keine Sorge, ich erzähl ihm nichts.«

»Danke.«

»Okay, und jetzt hör auf zu heulen.«

»Ihr seid ja so ein tolles Paar.«

»Was?«

»Ihr habt eine wunderbare Beziehung. Ich habe mir das bisher gar nicht bewusst gemacht. Frédéric hat dir wirklich schöne Briefe geschrieben …«

»Ja … stimmt«, meinte Agathe, der bei der Gelegenheit einfiel, dass ihr Mann ihr schon lange keinen schönen Brief mehr geschrieben hatte.

»Er ist einer, auf den man sich immer verlassen kann.«

»Stimmt.«

Das Baby krabbelte auf seine Mutter zu. Agathe hatte es erst einmal abgesetzt, als sie ihre weinende Schwester gesehen hatte. Sie nahm Lili wieder auf den Arm. Mathilde hatte das Gefühl, etwas sagen zu müssen, etwas Nettes. Mit reichlich übertriebener Bewunderung keuchte sie: »Wahnsinn, wie gut sie vorwärtskommt. Bestimmt kann sie schon bald laufen.«

5

Später am Abend dachte sich Agathe, dass sie vielleicht nicht in die Arbeit hätte gehen sollen. Ihre Schwester war völlig verzweifelt, sie brauchte nicht nur ein Dach über dem Kopf, sondern anscheinend auch jemanden, der für sie da war. Sie war überhaupt nicht mehr sauer, weil Mathilde ihre persönlichen Sachen durchwühlt hatte. Frédéric würde nichts davon erfahren, das war versprochen. Schon klasse, wie gelassen er mit der Situation umging, die Wohnung war ja nicht gerade groß.

Er hatte ziemlich schlecht geschlafen, hatte er gesagt, mit Lili im Zimmer. In der Arbeit sei ihm ganz blümerant gewesen, dabei musste er doch einen Vortrag über künstliche Intelligenz vorbereiten. Er war seit ein paar Monaten bei einer Firma angestellt, die sogenannte intelligente Maschinen entwickelte und vertrieb. Er war von seiner neuen Aufgabe restlos begeistert. Allerdings verstanden die anderen meist nur Bahnhof, wenn er davon sprach. Oder zumindest Agathe. Sie hatte ebenfalls eine neue Stelle angetreten, als Bankberaterin. Anders als Frédéric, machte ihr die Tätigkeit eigentlich keinen Spaß, aber man musste ja Geld verdienen. Die Verbindung der beiden war im Grunde ein Klassiker, die Frau, die mit beiden Beinen auf der Erde stand, und der Träumer.

Am nächsten Tag rief Agathe in der Bank an und erklärte, sie sei krank. Sie brachte Lili in die Krippe und ging anschließend einkaufen, für einen anständigen Brunch. Sie besorgte alles, was nach dem Geschmack ihrer Schwester war. Mathilde wunderte sich über so viel Güte. »Ein Glück, dass ich dich habe«, sagte sie. Die Geschwister hielten sich in den Armen. Das hatte es lange nicht mehr gegeben.

Agathe hatte sich schon ein Tagesprogramm überlegt:
    »Wir werden uns heute mal was Gutes tun, uns ein bisschen verwöhnen lassen. Als Erstes gehen wir zum Friseur, hinterher ins Kosmetikstudio und zum Schluss vielleicht noch in den Hammam.«

»Ganz schön viel Action …«

»Dir bleibt gar nichts anderes übrig! Ich bin deine große Schwester, du musst auf mich hören.«

»…«

Mathilde ließ sich überreden. Wenigstens zum Friseur konnte sie ja gehen, auch wenn sie sich nicht vorstellen konnte, dass eine Haarwäsche ihre Stimmung nennenswert heben würde. Das Ganze erwies sich jedoch als entspannende Maßnahme, wie sie danach zugeben musste. Dann besuchten sie einen Massagesalon, wo Mathilde sich ein Peeling gönnte. Sie stolperte wieder einmal über das Wort: Peeling. Also schälen. Da bestand nicht die geringste Hoffnung, dass sie sich schälen, ihre Haut abstreifen konnte. Der Schmerz saß jedenfalls tiefer.

Zu Hause tranken sie Tee. Agathe setzte sich aufs Sofa, eine Decke über den Beinen, und schlug vor, sich die alten Alben mit ihren Kindheitsfotos anzusehen. Mathilde, gewillt, ihre Anstrengungen zur Krisenbewältigung unter Beweis zu stellen, sagte zu allem Ja und Amen. Doch ihr wurde fast schlecht, als sie die Alben durchblätterten. Agathe schwelgte dagegen verzückt in Erinnerungen und war bemüht, auch den abgeschmacktesten Momenten etwas Großartiges zu verleihen. Man erhebt die Vergangenheit eben gern zum Mythos. Sie lachte beim Gedanken an Dinge, die schlicht nicht lustig waren. Mathilde war genervt, ließ sich aber nichts anmerken. Sie setzte ein Lächeln auf, ein kiefermuskulärer Trick, den ihre Schwester mit ein wenig

Scharfblick hätte durchschauen können. Ihr fiel vor allem auf, dass Agathe auf den meisten Bildern total unbeschwert wirkte, im Gegensatz zu ihr. Weil sie gern in die Kamera lächelte? Nein, sie drückte einfach Lebensfreude aus. Dieser Unterschied zwischen den zwei Mädchen sprang einem nicht sofort ins Auge. Es hatte auch nie jemand festgestellt, die Große sei aber fröhlicher als die Kleine, alle hatten immer gefunden, dass beide ein recht sonniges Gemüt hatten. Warum also empfand sie das jetzt so? Warum nahm sie überhaupt nichts anderes wahr als diese feine Nuance? Es war, als hätte sich schon damals abgezeichnet, dass Agathe ein Glückskind war und sie nicht.

Im Stile einer Animateurin eines Ferienclubs verkündete Agathe, nun würden sie zusammen die Balkonpflanzen gießen. Sie schwärmte von ihren Geranien und ihrem Efeu, der den gesamten Balkon umrankte, als wären es ihre Kinder. Mathilde konnte sich nicht erinnern, dass ihre Schwester sich jemals für Botanik interessiert hatte. Zumindest hatte sie diese Leidenschaft nie erwähnt. Das war wahrscheinlich erst mit der Familiengründung und der Wohnung gekommen. Schon recht lächerlich, in einen solchen Überschwang zu verfallen, sie bestellte schließlich keine Fläche von zwölf Hektar, sondern nur sechs Quadratmeter. *Mit viel Liebe* gab Agathe ihren Blumen Wasser, sie hatten nämlich *richtig Durst.* Mathilde dachte sich, vielleicht war das der Weg zur Erfüllung, das Verrichten ganz simpler Tätigkeiten. Sie konnte der Begeisterung der Schwester durchaus etwas abgewinnen. Es musste eine Freude sein, die Schönheit zu gestalten.

»Hilf mir mal bei dem Efeu. Ich muss ein bisschen was abschneiden. Sonst wächst er noch über den Balkon von den Nachbarn unter uns.«

»Okay. Was soll ich tun?«

»Mich bloß festhalten. Normalerweise macht das immer Frédéric.«

Mit einer großen Schere bewaffnet, stieg Agathe auf eine Trittleiter. Mathilde fasste sie von hinten an der Hüfte. Ihre Schwester war offensichtlich absolut unerschrocken und schwindelfrei. Sie befanden sich hier immerhin im achten Stock. Dass sie die Gefahr komplett ausblenden konnte, faszinierend.

»Hast du denn gar keine Angst?«

»Nein, ich hab das ja schon öfter gemacht. Außerdem hältst du mich ja gut fest.«

»Stimmt.«

»Echt irre, wie der wächst. Schau mal, wie er sich da um die Stange rumschlingt. Als ob er sie erwürgen wollte. Wenn der mal ein Opfer gefunden hat, lässt er es nie mehr los.«

»So hab ich das noch gar nicht gesehen.«

»Übrigens gibt's sogar einen Strauch, der Baumwürger heißt. Genialer Name, oder? Was meinst du?«

»Baumwürger«, murmelte Mathilde vor sich hin. »Ich weiß nicht, ob ich den Namen so genial finde, aber das ist auf jeden Fall ein starkes Bild.«

»So, fertig. Jetzt machen wir noch die andere Seite, und danach holen wir Lili ab, okay?«

»Wenn es dich nicht stört, würde ich mich lieber ein wenig ausruhen.«

»Na klar, kein Problem. Du Arme, ich habe dir bestimmt ganz schön zugesetzt!

»...«

Mathilde wankte in Lilis Zimmer und ließ die Jalousie herunter. Es war noch nicht einmal fünf Uhr, und sie wollte nur noch eins: dass es Nacht wurde.

6

Sie schluckte drei Schlaftabletten und schlief bis in die Puppen. Als sie am späten Vormittag aufwachte, nahm sie überrascht zur Kenntnis, dass die kleine Musterfamilie vollzählig im Wohnzimmer versammelt war. Es war anscheinend Samstag. Sie wusste gar nicht mehr, welcher Wochentag war.

7

Agathe und Frédéric hatten beschlossen, Mathilde nicht auf ihre missliche Lage anzusprechen. Sie waren ununterbrochen auf der Suche nach unverfänglichen Gesprächsstoffen. Um ein Haar hätten sie sich über die nächste Weltmeisterschaft im Eiskunstlauf unterhalten.

Beim Mittagessen schnitt Frédéric ein neues Thema an, die jüngsten Entwicklungen auf dem Gebiet der künstlichen Intelligenz. Seine Frau fiel ihm ins Wort:

»Ich kapiere überhaupt nichts. Für mich sind das lauter böhmische Dörfer.«

»Soso, dabei bemühe ich mich, mich klar auszudrücken.«

»Verstehst du was?«, wandte Agathe sich an Mathilde.

»Nein ...«

»Na gut, kein Mensch will mir zuhören!«

Die Schwestern lächelten einander an und wären beinahe in Gelächter ausgebrochen, beließen es aber bei einem Lächeln.

Trotzdem hatte es Mathilde gefallen, wie Frédéric von seiner Arbeit geredet hatte. Sie mochte Leute, die mit Eifer bei der Sache waren. Sie war ja auch immer mit Eifer bei der Sache. Zum ersten Mal sah sie sich ihren Schwager etwas genauer an. Eigentlich war er ihr von Anfang an sympathisch gewesen, auch wenn sie sich ihm nie besonders ausführlich gewidmet hatte. Vielleicht ein wenig abgehoben, aber ausgeglichen und warmherzig. Nicht die Sorte von Mann, die sich von einer Ex-Freundin, die soeben aus Australien zurückgekommen war, um den Finger wickeln ließ. Bei näherer Betrachtung sogar attraktiv. Er war wie ein Lied, das man gleich mitsingen konnte. Und ein liebevoller Vater außerdem, der dafür sorgte, dass seine Familie in eine sichere Zukunft blicken konnte.

Er bot Mathilde einen Kaffee an.

»Bitte?«, meinte sie gedankenverloren.

»Ob du einen Kaffee willst.«

»Nein, danke. Ich glaube, ich trinke lieber unterwegs einen.«

»Du willst rausgehen?«, erkundigte sich Agathe besorgt.

»Ja, ein bisschen frische Luft schnappen. Das tut mir sicher gut.«

»Soll ich mitkommen?«

»Nein, genießt ruhig euren freien Tag. Ich will euch ja auch nicht die ganze Zeit auf die Nerven fallen.«

»Du fällst uns nicht auf die Nerven«, versicherte Frédéric.

»Nett von dir, dass du das sagst …«, stöhnte Mathilde.

8

Sie ging ziellos spazieren. Doch jeder Weg hatte seine Tücken. Alles erinnerte sie an Étienne. Überall kamen ihr ihre gemeinsamen Erlebnisse in den Sinn. Ihr Glück hatte ganz Paris erobert. Und nun war dieses Glück zerstört. Also was tun? Mathilde besorgte sich einen Stadtplan, stapfte wieder zu ihrer Schwester und faltete ihn auseinander. Mit einem Marker schwärzte sie sämtliche Straßen, die sie in Gedanken mit Étienne verband. Am Ende blieben nicht mehr viele übrig. Mathilde war auf einigen winzigen Inseln gefangen.

9

Am frühen Abend verkündete Frédéric, er sei müde und gehe ins Bett. »Jetzt schon?«, fragte seine Frau.

»Das ist wegen mir«, meinte Mathilde.

»Nein ... ach was«, sagte Frédéric.

»Doch. Ich glaube, es ist nicht so leicht, mit Lili in einem Zimmer zu schlafen. Sie schläft ja nicht durch. Das Beste wird sein, sie kommt wieder in ihr Zimmer. Ich kann mich doch auch um sie kümmern, wenn sie aufwacht.«

»Aber ob du sie überhaupt hörst, wenn du Schlafmittel nimmst?«, wandte Agathe ein.

»Ich wollte das Schlafmittel sowieso absetzen. Mir wird davon bloß schwummrig. Das hilft gar nicht.«

»Schon klar ...«

»Das würde natürlich einiges erleichtern«, bemerkte Frédéric.

»Dann machen wir das so. Und wenn Lili mich nachts auf Trab hält, kann ich ja auch tagsüber schlafen. Ich muss schließlich nicht arbeiten. Ihr tut so viel für mich, da kann ich auch mal was für euch tun.«

»Du bist uns nichts schuldig«, sagte Frédéric. »Wir sind für dich da, das ist doch selbstverständlich.«

»Okay, dann tragen wir Lilis Bett jetzt wieder ins Kinderzimmer«, schlug Agathe vor, die getroffene Beschlüsse gern sofort in die Tat umsetzte.

Wenig später lag Mathilde in den Federn und versuchte zu schlafen. Sie vernahm ein leises Stöhnen. Offenbar gab das Liebespaar sich Mühe, beim Geschlechtsakt so dezent wie möglich vorzugehen. Ob sie wohl oft Sex hatten? Wahrscheinlich nicht. Man brauchte sich bloß all die Reizwäsche anzusehen. Hin und wieder strengte Agathe sich an, ihren Mann anzutörnen und sein Begehren am Köcheln zu halten. Mathilde lauschte den Seufzern ihrer Schwester. Wann hatte sie zum letzten Mal mit Étienne geschlafen? Zwei, drei Tage bevor er sie verlassen hatte. Wenn sie gewusst hätte, dass es der letzte Akt ihres Liebeslebens war. Der letzte Höhepunkt. Wie gern hätte sie die Zeit zurückgedreht und diesen Augenblick noch einmal erlebt. Sie hätte Étienne fest an sich gedrückt, er hätte sich ihren Armen nicht entwinden können. Sie fing an, sich zu streicheln. Vielleicht ein gutes Zeichen, wenn ihre Lust sich regte. Aber sie fühlte nichts, ihre Hände berührten nur abgestorbene Haut.

Lili atmete so schwer, dass Mathilde sich zu sorgen begann. Sie stand vorsichtig auf und betrachtete die Kleine. Auf der anderen Seite der Wand war inzwischen Ruhe eingekehrt. Frédéric war anscheinend lautlos zum Orgasmus gekommen. Nun schliefen sie eng aneinandergekuschelt, im Gefühl erfüllter Pflicht. Lilis Atem normalisierte sich, als spürte sie, dass sie beobachtet wurde. Mathilde schaute eine Weile ihre Nichte an und dachte: Ich möchte ein Leben haben, in dem ich mit meinem Mann schlafe und nachsehe, ob mein Kind gut schläft. Warum ist mein Leben so anders? Sie verstand es nicht. Die heile Welt, nach der sie sich sehnte, lag in weiter Ferne. Dabei war sie schon ganz nah gewesen.

Étienne hatte sie heiraten wollen. Sie war doch nicht verrückt. Er hatte davon geredet, in Kroatien. Und sie wollten auch Kinder haben. Einmal hatten sie sich sogar darüber unterhalten, welche Namen sie ihnen geben könnten. Mathilde hätte nicht beschwören können, dass dieses Gespräch tatsächlich stattgefunden hatte, aber das klang so glaubwürdig, dass es beinahe wahr wurde. Die Hochzeit, das Kind, der Liebesakt, das Nachsehen, ob alles in Ordnung ist.

Ja, alles in Ordnung.

Lili schläft tief und fest. So tief und fest, wie Agathe geschlafen hatte in der Nacht, in der ihr Vater verunglückt war. In der ihre Mutter diesen gellenden Schrei ausgestoßen hatte. Ja, sie schläft, unbehelligt vom Leid anderer. Das Bild des glücklichen Babys verschmilzt vor ihren Augen mit dem seiner glücklichen Mutter.

10

Am Montagmorgen stellte sich Mathilde vor ihrer imaginären Klasse auf und hielt Unterricht. Sie rief erst einmal alle Namen auf. Eine traurige Szene, das Echo ihrer Stimme hallte im leeren Wohnzimmer wider. Das Ganze erinnerte bestenfalls an eine Theaterprobe.

Mathilde versuchte, mit ihren Problemen allein fertigzuwerden. Sie redete nicht mit ihrer Schwester. Die Beurlaubung traf sie fast so hart wie die Trennung. Beide Katastrophen zusammen rissen sie komplett auseinander. Die Arbeit war ihre Rettung gewesen, als Étienne sie verlassen hatte. Sie hatte ihr das Gefühl gegeben, nicht vollkommen nutzlos zu sein. Aber jetzt? Welchen Sinn hatte ihr Leben jetzt? War das nächtliche Babysitten ein Sinn? Ja, sicher. Ab und zu erhielt sie Nachrichten von Berthier, der sich nach ihr erkundigte und sie darüber informierte, wann die Disziplinarkommission tagte. Nachrichten, auf die sie nicht reagierte. Sie wurde immer wütender, weil niemand auf ihrer Seite stand. Weil niemand sie verteidigte, niemand für sie Partei ergriff. Man konnte ihre Leistung doch nicht nur nach einem kurzen Moment beurteilen, in dem sie nicht sie selbst gewesen war. Sie hatte schließlich auch eine Vergangenheit, sie galt als kompetente und außergewöhnlich engagierte Lehrerin. Das war durch diesen dummen Augenblick in Vergessenheit geraten. Überwog das Schlechte immer das Gute? Ihr Fehler war anscheinend das Einzige, was von ihr in Erinnerung bleiben würde. Ein Patzer nach Jahren der Perfektion, und alles andere war wie ausgelöscht.

»Schlagt *Die Erziehung der Gefühle* auf Seite 327 auf!«, befahl sie.

»Ich habe mein Buch leider zu Hause liegen lassen«, meldete sich Clémence.

»Nicht so schlimm. Zum Glück habe ich ein paar Kopien der Seite dabei. Wenn ich nicht immer an alles denken würde!«

»Danke, Madame Pécheux.«

»Keine Ursache, Clémence, das ist aber wirklich das letzte Mal. Also, ich lese euch den Abschnitt jetzt vor, und anschließend besprechen wir ihn.«

Mathilde schritt im Wohnzimmer auf und ab, als würde sie die Bankreihen abgehen, und suchte einen Punkt im Raum, von dem aus sie gut zu hören war. Sie räusperte sich und erklärte, dass im Folgenden Frédéric Moreau das Wort hatte:

»›Was soll ich auf der Welt! Die anderen reißen sich um Reichtum, Ruhm, Macht! Ich habe keine Bestimmung, Sie sind mein einziges Interesse, mein ganzes Glück, das Ziel, der Mittelpunkt meines Lebens, meiner Gedanken. Ich kann ohne Sie so wenig leben wie ohne die Luft des Himmels! Spüren Sie denn nicht, wie sich meine Seele nach der Ihren sehnt und dass sie eins werden müssen und dass ich mich danach verzehre?‹

Frau Arnoux begann am ganzen Leibe zu zittern.

›Oh! Gehen Sie! Ich bitte Sie!‹

Die Bestürzung in ihrem Gesicht ließ ihn stehen bleiben. Dann trat er einen Schritt vor. Doch sie wich zurück und legte die Hände zusammen.

›Lassen Sie mich! Um Himmels willen! Erbarmen!‹

Und Frédéric liebte sie so sehr, dass er ging.«

Mathilde hielt inne, heftig bewegt von der Stelle, die sie im Grunde in- und auswendig kannte. Kurz zuvor, merkte sie an, hatte Frédéric bereits gestanden, gestern, da sei ihm »das Herz übergegangen«.

»Das ist doch schön, oder? Mir ist das Herz übergegangen …«

»Ja, wunderschön«, sagte Mateo.

»Ach, mein Mateo …«, rief Mathilde aus. »Das freut mich, dass du für poetische Worte empfänglich bist!«

Dann wandte sie sich wieder an die Klasse:

»Versteht ihr, am Ende müssen beide erkennen, dass ihre Liebe unmöglich ist. Dennoch lieben sie sich sehr. Unendlich!«

In dem Augenblick geschah etwas Seltsames.

Mathilde wollte diese Liebe und ihre verzehrende Leidenschaft gerade einer eingehenden Analyse unterziehen, als ihr Blick auf einen Teddybären fiel, den Lili auf dem Sofa zurückgelassen hatte. Sie hatte irgendwie den Eindruck, dass er sie beobachtete. Das war eigentlich offensichtlich. Und er hielt nicht viel von ihrem Unterricht. Seine starren Augen drückten Geringschätzung aus. Er machte sich über ihre Lust an der Sache innerlich lustig. Sie packte ihn zornig und würgte ihn. Er verzog allerdings keine Miene. Schließlich steckte sie ihn in einen Schrank, so viel Macht hatte sie über ihn. Aber er hatte ihr den ganzen Spaß verdorben. Die Stunde war zu Ende.

11

Erschöpft sank Mathilde auf das Sofa, über dem ein kleines Regal angebracht war, auf dem ein paar wenige Bücher standen. Ihre Schwester las so gut wie nie und ihr
Schwager hauptsächlich wissenschaftliche Artikel. Lili
würde in einem Haushalt ganz ohne Literatur aufwach-
sen. Wahllos griff Mathilde eines der Bücher heraus, *Der
Krieg der Intelligenzen* von Laurent Alexandre. Es handelte von künstlicher Intelligenz, Frédérics Spezialge-
biet. Sie sagte sich, vielleicht sollte sie sich ein bisschen
für das interessieren, womit er sich dauernd befasste,
und fing an zu lesen. Bestimmt würde es ihm gefallen,
sich mit jemandem zu unterhalten, der ihm ein wenig
folgen konnte. Étienne hatte sich einmal ein Segelboot
anschaffen wollen und deshalb alle möglichen Segel-
zeitschriften gewälzt. Aus Liebe hatte sie sich ebenfalls
in die Materie eingearbeitet. Obwohl das Segeln gar
nicht ihr Fall war. Aber als Étienne auf ihrem ersten
Törn schlecht wurde, war seine Begeisterung schnell
vorbei. In ihrer Beziehung hatte er sich letztlich ähnlich verhalten. Erst hatte er für sie geschwärmt (und
hätte jede Fachzeitschrift über sie verschlungen), aber
auf einmal hatte er sich nicht recht wohl gefühlt mit ihr
im Boot und war zurück zu Iris gerudert.

12

Nachdem Agathe Lili ins Bett gebracht hatte, saßen sie zu dritt beim Abendessen. Mathilde schilderte ihre Lektüreeindrücke und stellte Frédéric allerlei Fragen. Agathe sah es zunächst als gutes Zeichen an, dass ihre Schwester neue Töne anschlug. Neugier war eindeutig ein positives Signal. Wer den Blick auf die Außenwelt richtete, befand sich auf dem Weg der Besserung. Aber allmählich nervte sie dieses schwatzhafte Duo, das kaum Notiz von ihr nahm, doch leicht. Sie hatte für das Thema nicht besonders viel übrig, das musste sie zugeben. Für sie ging es dabei einfach um Entwicklungen in der Wissenschaft und um technologischen Fortschritt. Die Geschichte der Menschheit war eine Geschichte von Veränderungen, und ihr leuchtete nicht ein, warum ausgerechnet diese Veränderung eine solche Gefahr darstellen sollte, die den Planeten ins Bodenlose stürzen würde, wie manche Experten behaupteten.

»Endlich jemand, dem es nicht total egal ist, was ich den ganzen Tag mache!«, jubelte Frédéric wie ein kleiner Junge, der einen Spielkameraden gefunden hatte. Fehlte bloß noch, dass er aufgeregt auf seinem Stuhl herumrutschte. Er war im Prinzip ja auch nicht anders als andere. Er genoss es, wenn man ihm Beachtung schenkte. Wer erfolgreich sein will, muss Fragen stellen. Mathildes Wissbegier war nicht vorgetäuscht. In einem Teil des Buches ging es um die Zukunft der Schule. Ohne gewaltige Anstrengungen im Bildungswesen, hieß es, würden durch den Einsatz von künstlicher Intelligenz schlecht qualifizierte Arbeitskräfte zunehmend auf der Strecke bleiben.

»Und was genau ist jetzt deine Arbeit?«, erkundigte sich Mathilde.

»Ich führe im Auftrag von verschiedenen Firmen Simulationen durch, bei denen der Mensch durch Maschinen ersetzt wird.«

»So weit sind wir schon?«

»Ja, bald. Die Entwicklung verläuft rasend schnell. Die Maschinen drängen auf den Arbeitsmarkt.«

»Das heißt, da werden viele Jobs wegfallen.«

»Ja, einer von unseren Kunden ist zum Beispiel eine große Bank. Die Manager sind sich absolut darüber im Klaren, dass es in absehbarer Zeit keine Bankberater mehr geben wird.«

»Ach, wie nett«, schaltete Agathe sich ein. »Da findet die Unterhaltung ganz ohne mich statt, und dann erfahre ich auch noch, dass ich demnächst arbeitslos bin!«

»Na, jetzt übertreibst du aber«, meinte Mathilde.

»Ich bin müde. Ich gehe ins Bett«, sagte Agathe.

Und damit zog sie sich zurück.

Mathilde und Frédéric sahen sich fragend an. Tatsächlich hatte Agathe soeben zum ersten Mal das Gefühl gehabt, der Belastung nicht mehr standzuhalten. Sie war arbeiten gegangen, einkaufen gewesen, sie hatte sich um Lili gekümmert und hatte bei all dem nicht das geringste Vergnügen empfunden. Und Frédéric zeigte sich keineswegs dankbar (oder musste vielleicht eher sie ihm dankbar sein?), sondern war stattdessen ganz hingerissen von Mathilde, die zuckersüß drei lächerliche Sätze zur künstlichen Intelligenz aufsagen konnte. Es gehörte nicht viel dazu, ihrem Mann zu imponieren. Man brauchte an sich nur ein Buch durchzublättern.

Ihr war aber noch etwas anderes aufgefallen: das Funkeln im Blick von Frédéric. Wenn sie mit ihm redete, glänzten seine Augen nicht so. Sie erinnerte sich plötzlich daran, wie er sie in den ersten Monaten ihrer Liebe angeschaut hatte, damals hatten sie oft lange Gespräche geführt und sich immer besser kennengelernt. Traurig stellte sie fest, dass dieser Zauber verflogen war.

13

Zum ersten Mal seit Wochen hatte Mathilde gut geschlafen. Es hatte ihr gutgetan, sich mal mit anderen Dingen zu beschäftigen. Und nicht wie eine Geisteskranke behandelt zu werden. Man begegnet Unglücklichen häufig so, als wären sie Zeitbomben. Jeder scharwenzelt um einen herum und hofft, dass es zu keinem Knall kommt, dass die roten und blauen Drähte in einem sich nicht berühren.

Sie hatte eine angeregte Diskussion gehabt und gern den Ausführungen ihres Schwagers gelauscht. Seine Leidenschaft für sein Fach hatte ihr gefallen. So viel Feuer war wirklich selten. Die Leute lebten ja immer gedankenloser dahin. Verblüffend, wie die Informationsflut, der sie permanent ausgesetzt waren, ihre Begeisterungsfähigkeit weggespült hatte. Das merkte man besonders bei den Kindern. Es war für sie eine Selbstverständlichkeit, sich ständig Zeichentrickfilme anzuschauen. Nicht selten fanden sie sie doof und guckten sie nicht zu Ende, sie wussten ihr Glück überhaupt nicht zu schätzen. Früher hatten die Kinder dem Film, der im Fernsehen lief, den ganzen Tag entgegengefiebert und ihn dann gespannt verfolgt. Indem alles jederzeit verfügbar war, war die Neugier geschwunden. Diejenigen, die sich, wie Frédéric, hingebungsvoll einer Sache widmeten, wirkten fast wie Ritter aus einer vergangenen Epoche.

14

Mathilde hatte das Bedürfnis, sich für die Hilfsbereitschaft ihrer Schwester und ihres Schwagers zu bedanken. Sie passte zwar oft auf Lili auf, was Agathe und Frédéric manchmal ein wenig durchatmen ließ, aber sie wollte den beiden ein richtiges Geschenk machen. Die Wahl fiel ihr nicht weiter schwer. Das Paar liebte klassische Musik. Agathe hatte jahrelang Klavier gespielt. Aber ohne jegliche künstlerische Seele, hatte Mathilde immer gefunden, wie ein Roboter. Vielleicht hätte sie besser Judo lernen sollen. Ungefähr mit achtzehn hatte sie es aufgegeben. Frédéric hatte ebenfalls eine musikalische Ausbildung gehabt. Er mochte vor allem Schubert. Mathilde hatte davon gehört, dass im Théâtre des Champs-Élysées *Der Tod und das Mädchen* gegeben wurde, und besorgte zwei Karten.

»Oh, das wäre aber nicht nötig gewesen!«, rief Frédéric aus.

»Das ist ja lieb von dir«, sagte Agathe, während sie den Umschlag öffnete. »*Der Tod und das Mädchen*! Danke schön!«

»Ja, was Besseres hättest du gar nicht aussuchen können.«

»Und ich passe selbstverständlich an dem Abend auf Lili auf.«

»Danke«, sagte Agathe noch einmal und umarmte ihre Schwester.

Sie betrachtete die Tickets etwas genauer. Das Konzert fand am Donnerstag, den 24. November, statt.

»Oje … an dem Abend kann ich nicht!«

»Echt? Wieso?«, fragte Frédéric.

»Da ist die Jahreshauptversammlung von der Bank. Mit den ganzen Aktionären. Ach, so ein Mist …«

Mathilde meinte, das tue ihr wahnsinnig leid. Schließlich machte Agathe einen Vorschlag: »Dann geht halt ihr zwei hin. Und für Lili organisieren wir einen Babysitter.« Sie erntete ein wenig Widerspruch, aber es war sicher die beste Lösung, wenn man die Karten nicht verfallen lassen wollte. In der Nacht stand Agathe noch einmal auf. Sie musste unbedingt etwas in ihrem Kalender nachsehen. Natürlich, am 24. November hatte sie die Jahreshauptversammlung der Bank eingetragen. Eine

Kleinigkeit für Mathilde, diesen Termin herauszukriegen, sie hatte ja auch schon ihre Briefe gelesen. Hatte sie vielleicht absichtlich Karten für diesen Tag gekauft? Nein, das konnte nicht sein. So etwas würde sie nie tun. Aber sie war manchmal unberechenbar. Agathe wusste nicht recht, was sie von all dem halten sollte, redete sich jedoch ein, dass das Ganze nur ein unglücklicher Zufall sein konnte.

15

Die Tage plätscherten dahin. Die drei entwickelten eine gewisse Routine. Endlich kam der Abend des Konzerts. Mathilde schminkte sich, zum ersten Mal seit Langem. Frédéric war sprachlos. Er fand sie außergewöhnlich hübsch.

Beide waren äußerst angetan von der Musik. Mathilde hatte Tränen in den Augen. Nach der Trennung von Étienne war sie wie betäubt gewesen. Aber langsam regte sich wieder etwas in ihr. Es war, als packte das Leben sie am Schlafittchen. Schuberts Streichquartett weckte Gefühle in ihr. Man täuscht sich manchmal in einem perfekten Augenblick, aber sie hatte den Eindruck, dass eine Veränderung in ihr vorging, sie war beinahe ein bisschen glücklich.

Am liebsten wäre sie mit Frédéric die ganze Nacht durch Paris geschlendert. Die Stadt erschien in neuem Licht, versprühte artig ihren Charme. Auch Frédéric war bewegt vom Zauber der schönen Stunden. Er hörte viel klassische Musik, aber im Halbdunkel zusammen mit Hunderten von Leuten ein solches Klangerlebnis zu teilen, war schlichtweg unvergleichlich. Und ihrem nächtlichen Streifzug wohnte ebenfalls etwas Magisches inne. Es war lange her, dass er mit einer anderen Frau als Agathe durch die Straßen flaniert war. Mathilde war freilich nur seine Schwägerin. Die Situation war absolut unzweideutig. Dennoch fühlte er sich an einige romantische Spaziergänge erinnert, die er mit Frauen gemacht hatte.

Die willkommene Abwechslung vom Alltag war für beide zugleich Gelegenheit, etwas besser Bekanntschaft miteinander zu schließen. Bisher hatte Frédéric in Mathilde nur die depressive Schwägerin gesehen, um die man sich kümmern musste. Mathilde hielt Frédéric für einen leicht entrückten Zeitgenossen, den man manchmal hätte packen und schütteln sollen. Aber indem sie das Haus verlassen hatten, hatten sie auch die Bilder zurückgelassen, die sie vom anderen hatten, und empfanden sich nun als sensibel und lustig. Noch etwas verwirrte Frédéric: Wie sehr Mathilde doch ihrer Schwester ähnelte. Er erkannte Übereinstimmungen in der Mimik, in der Gestik, im Tonfall. In Mathilde steckte etwas von Agathe. Von der Agathe, die er einmal lieben gelernt hatte. Ihm war fast, als begegnete er zum ersten Mal seiner Frau.

Er hatte die zwei Schwestern nie miteinander verglichen. Mathilde strahlte mehr Sinnlichkeit aus. Oder besser ge-

sagt, sie hatte mehr weibliche Formen. Wenn sie zurecht-
gemacht und schick angezogen war, gefiel sie sicher vielen Männern. Ihm lagen allerlei Fragen auf der Zunge,
wieso ihre Beziehung in die Brüche gegangen war und
wie es ihrer Ansicht nach weitergehen sollte. Aber er
traute sich nicht, sie zu stellen. Er war kein Meister im
Einholen von Erkundigungen, gleichzeitig zählte er zu
der Sorte von Menschen, die sich immer dafür verant-
wortlich fühlen, dass die Unterhaltung nicht ins Stocken
gerät. Im Augenblick ertrug er das Schweigen jedoch
ohne Probleme, gönnte er sich und Mathilde Momente
des Innehaltens. Sie wusste das zu schätzen. Man erwartete von ihr, dass sie eine Reaktion zeigte, dass sie
stark war, dass sie dies oder jenes tat, sie brauchte aber
erst einmal Luft zum Atmen. Sie tappte im Dunkeln auf
ihrer Suche nach einem Ausweg aus ihrer Verzweiflung.
Sie dachte sich, dass sie sich vor allem nach Schweigen
sehnte. Ja, das Schweigen würde ihre Wunden heilen.
Der Prozess konnte Jahre oder Jahrhunderte dauern,
doch eines Tages würde sich ihr Herz wieder öffnen.

16

Agathe lag zusammengerollt auf dem Sofa, als Frédéric
und Mathilde nach Hause kamen. Auf dem Tischchen
vor ihr befand sich eine Tasse Kräutertee.

»Du bist ja schon da?«, sagte Frédéric.

»Ich hatte auch gar nicht vor, lange wegzugehen.
Aber es ist immerhin schon zwölf.«

»Ach, echt?«, rief er überrascht aus. Das Konzert war um zweiundzwanzig Uhr zu Ende gewesen, und er fragte sich, wie seitdem zwei Stunden hatten vergehen können.

»War's schön?«, erkundigte sich Agathe.

»Ja, klasse«, antwortete Mathilde. »Hat mir unheimlich gutgetan, mal wieder rauszukommen …«

»Na prima …«

»Und wie war's bei dir?«

»Ganz nett. Hab mit den Kollegen geplaudert …«, meinte Agathe ohne einen Hauch von Enthusiasmus. Dass die beiden anderen offenbar einen grandiosen Abend verlebt hatten, vermieste ihr zusätzlich die Laune.

Sie bot ihnen einen Kräutertee an und verschwand in der Küche, um Wasser zu kochen. Mathilde und Frédéric kamen noch einmal auf das Konzert zu sprechen. Sie flüsterten, um Lili nicht aufzuwecken, es klang beinahe wie eine stille Messe. Agathe stellte zwei Tassen auf den Tisch und ließ sich erneut auf dem Sofa nieder. Frédéric setzte sich zu ihr. Mathilde zögerte einen Moment und nahm dann in dem Sessel auf der anderen Seite des Tisches Platz. Womit wieder geordnete Verhältnisse herrschten.

»Ist ja toll, dass wenigstens ihr euch amüsiert habt«, bemerkte Agathe und ließ diesmal einen Anflug von Gereiztheit durchschimmern.

»Oh, du wirst doch nicht etwa eifersüchtig sein, mein Schatz! Ich kaufe noch zwei Karten, und dann gehe ich mit dir.«

»Du weißt genau, dass die Konzerte alle ausverkauft sind.«

»Na und, dann hören wir uns halt was anderes an. Ein Bachkonzert in irgendeiner Kirche.«

»Gerne ...«

In dem Moment geschah etwas vollkommen Hinreißendes. Zumindest in Mathildes Augen. Als Frédéric spürte, dass seine Frau beleidigt war, rückte er an sie heran, packte eine Strähne, die ihr ins Gesicht hing, und steckte sie ihr hinters Ohr. Mathilde war bezaubert. Diese Geste verkörperte die Schönheit, sie war der Inbegriff der Liebe. Ja, Frédéric hatte mit dieser langsam ausgeführten Bewegung seiner Frau gesagt, dass er sie liebte. Mathilde erinnerte sich an den folgenden Tagen und in ihren schlaflosen Nächten ständig an diese Geste. Ihr steckte niemand eine Strähne hinters Ohr.

Im Grunde war Agathe überhaupt nicht eifersüchtig. Sie hatte großes Vertrauen in ihren Mann. Aber sie wunderte sich doch sehr über das Gebaren, das ihre Schwester zeigte. Zum einen fragte sie sich immer noch, ob die Sache mit dem 24. November wirklich Zufall gewesen war, zum anderen überlegte sie, warum Mathilde sich für das Konzert so herausgeputzt hatte. Dass sie sich schön machte und gefallen wollte, war selbstverständlich zu begrüßen, aber wieso suchte sie sich ausgerechnet ein Treffen mit ihrem Mann aus, um einen solchen Ausschnitt zu präsentieren? Das Ganze war doch ziemlich verwirrend. Agathe verscheuchte ihre negativen Gedanken und berichtete von der Jahreshauptversammlung:

»Eine Kollegin hat mir von ihrem Kroatienurlaub erzählt und mir fantastische Fotos gezeigt. Da könnten wir ja auch mal hinfahren, oder?«, sagte sie zu Frédéric.

»Ja, gute Idee. Dann sieht Lili mal das Meer.«

»Sie hat mir ein Hotel in der Nähe von Hvar empfohlen.«

»Also … du redest jetzt tatsächlich von Kroatien«, schaltete Mathilde sich ein.

»Ja«, meinte Agathe.

»Du willst dort deinen nächsten Urlaub verbringen«, sagte Mathilde scharf.

»Keine Ahnung. Wir reden erst mal drüber. Lassen uns die Sache durch den Kopf gehen.«

»Das könnt ihr mit mir nicht machen!«, schrie Mathilde. »Ihr seid total gemein!«

»Aber wovon redest du überhaupt?«

»Wovon ich rede? Das weißt du ganz genau! Du machst das absichtlich. Du willst mir wehtun. Bloß weil ich einen netten Abend mit deinem Mann verbracht habe.«

»Mathilde … ich habe echt keinen Schimmer, wovon du redest. Und sei bitte ein bisschen leiser, sonst wacht Lili auf.«

»Ist mir egal.«

»Okay, aber kannst du mir erklären, warum du dich so aufregst?«

»Das weißt du ganz genau! In Kroatien hat mich Étienne letztes Jahr gefragt, ob ich ihn heiraten will. Und gerade dorthin wollt ihr in Urlaub fahren!«

»Ach so, daran habe ich jetzt gar nicht gedacht …
äh … tut mir leid … was soll ich sagen?«

»Ja, spiel nur die Unschuldige. Das kannst du ja so
gut.«

»…«

Mathilde stand auf und flüchtete ins Kinderzimmer.

17

Fassungslos über die Wendung, die der Abend genommen hatte, gingen Agathe und Frédéric ins Bett. »Jetzt
wissen wir wenigstens, dass wir sie nicht auf Kroatien
ansprechen dürfen«, meinte Frédéric. Er hatte gehofft,
mit diesem Kommentar seiner Frau ein Lächeln abzu-
ringen, doch die stand noch immer unter Schock. So
etwas hatte sie noch nie erlebt. Dass ihre Schwester so
aus der Haut fuhr. Als wäre sie von einer fremden Macht
besessen.

»Sie hat mir richtig Angst eingejagt«, gab Agathe zu.

»Das war nur ein kleiner Wutanfall.«

»Hast du ihren Blick gesehen? Ganz merkwürdig. Ich
frage mich, was in ihr vor sich geht. Ich erkenne sie gar
nicht wieder.«

»Das wird sich schon einrenken. Sie macht halt eine
schwierige Phase durch.«

»Ja, aber die kann dauern. Es ist überhaupt nicht auszuhalten mit ihr. Wir müssen eine Wohnung finden für
sie.«

»Haben wir doch schon drüber gesprochen. Sie kann sich im Moment keine leisten.«

»Und wenn wir den Gürtel ein bisschen enger schnallen? Ich verzichte lieber auf den Urlaub, bevor ich mir das noch länger antue. Das war kein besonders guter Einfall, sie hier aufzunehmen …«

»Dir ist gar nichts anderes übrig geblieben. Sie ist deine Schwester.«

»Stimmt.«

»Sie müsste einfach einen neuen Mann kennenlernen. Damit sie sieht, dass ihr im Prinzip alle Türen offen stehen.«

»Aber wie soll sie den denn kennenlernen? Sie geht ja nie weg.«

»Ich hätte da vielleicht eine Idee.«

Frédéric erläuterte seinen Plan. Agathe war zwar nicht übermäßig begeistert, fand jedoch, man könne es mal probieren. Wenn Mathilde nicht am sozialen Leben teilnahm, musste das soziale Leben eben zu ihr kommen. Agathe war klar, dass sie nur noch selten Gäste hatten, seitdem Lili auf der Welt war. Abgesehen von Frédérics Eltern, die ihre Enkelin besuchten. Agathe und Frédéric fehlte die Kraft, Leute einzuladen. Elternsein bedeutet: einen kleinen gesellschaftlichen Tod zu sterben. Aber in Wirklichkeit hatten sie ja gar nicht so viele Bekanntschaften. Oberflächliche Beziehungen verflüchtigen sich rasch, wenn man Kinder hat, zurück bleibt ein harter Kern von Freundschaften, die sich an einer Hand abzählen lassen. Mit denen verabredete man sich nun einzeln an Orten, wo man den freien Abend auch in vollen Zügen genießen konnte. Sie schwiegen und dachten beide das Gleiche: Sie wollten wieder öfter ausgehen, ein bisschen wie früher. In jeder Liebe überkommt einen manchmal die Lust auf anderes.

Ein Vibrieren durchbrach das Schweigen, es war Agathes Telefon. Sie stellte nachts immer den Flugmodus ein, das hatte sie noch nicht getan. Die Nachricht kam aus dem Zimmer nebenan: »Ich möchte mich für mein Verhalten entschuldigen. Ich habe mich wirklich danebenbenommen, aber ich habe nun mal meine Erinnerungen an Kroatien. Du und Frédéric seid so wahnsinnig nett zu mir. Wenn ihr dorthin fahren wollt, könnt ihr das natürlich tun. Entschuldigung noch mal, Mathilde.« Agathe fühlte sich ein wenig schlecht, nachdem sie das gelesen hatte. Sie hätte sich denken können, dass die Erwähnung von Kroatien schmerzliche Erinnerungen bei ihrer Schwester weckte. Sie wusste freilich, dass Kroatien für das letzte Glück stand, das Mathilde mit Étienne erlebt hatte. Selbstverständlich würde sie mit Frédéric dort nicht ihre Ferien verbringen.

18

Es war nicht ganz leicht, Hugos Alter zu schätzen, aber er war ein wenig jünger als Frédéric. Sein Gesicht drückte abwechselnd jugendliche Naivität und Abgeklärtheit aus. Er hatte etwas von einem Kind, das sich wie ein Erwachsener gab. In Paris kam er sich ziemlich verloren vor, er stammte aus Rennes. Er war nach einem Bruch in seinem Leben in dem Unternehmen gelandet, in dem Frédéric arbeitete. Auch wenn er zu diskret war, um zu sagen, dass ihn seine Freundin verlassen hatte, hatte Frédéric doch richtig kombiniert. Nach einigen gemeinsamen Aufenthalten bei der Kaffeemaschine ließ sich Hugos Schicksal rekonstruieren. Frédéric kannte allerdings nicht die ganze Wahrheit.

Hugos Ex-Freundin Mona war ein festes Verhältnis mit einer anderen Frau eingegangen. Er war total entsetzt, denn er hatte den Eindruck, dass ihr erst die Verbindung mit ihm die Augen geöffnet hatte, was ihre eigentliche sexuelle Orientierung betraf. Ihm war zwar aufgefallen, dass sie sich von Frauen angezogen fühlte – manchmal hatte ihn das sogar erregt –, aber er hätte niemals gedacht, dass die Sache so enden würde. Ein Teil von ihm respektierte schweren Herzens ihre Entscheidung, ein anderer Teil registrierte, dass das Ganze einen bitteren Geschmack auf der Zunge hinterließ. Hugo sagte sich: Wenn eine Frau einen Mann wie mich hat, wird ihr auf einmal bewusst, dass sie gar nicht auf Männer steht. Mona sah die Dinge freilich vollkommen anders. Sie war sich überhaupt nicht sicher, ob sie lesbisch war. Sie hatte nur eine Frau kennengelernt, die ihr gefiel. In Liebesangelegenheiten versteht man sich oft selbst nicht mehr. Manchmal glaubt man, das ist es, was man Liebe auf den ersten Blick nennt, meist wankt man jedoch ziellos durch ein untergegangenes Reich.

Hugo wusste bloß eins: Er konnte auf keinen Fall in Rennes bleiben. Nicht, weil er Angst davor hatte, zufällig Mona und ihrer neuen Freundin zu begegnen, sondern weil es ihm unerträglich war, wie er vor ihnen dastand. Er war für immer gezeichnet. Diese dumme Geschichte würde sich auf den Umgang mit seiner Familie und seinen Arbeitskollegen auswirken. War von Hugo die Rede, dachten alle gleich: Das ist doch der, der von seiner Freundin wegen einer anderen Frau verlassen worden ist. Deswegen hatte er sich um eine Stelle in Paris beworben. Er wurde sofort genommen, er war schließlich ein ausgezeichneter Informatiker.

Auch wenn die Förderung des Betriebsklimas nicht zu Frédérics Aufgabenbereich gehörte, bemühte er sich sehr um Hugos Integration. Er betonte ständig, er stehe ihm für Fragen jederzeit zur Verfügung. Er erinnerte sich, wie er selbst einmal von Jean-Pierre Malaquais aufgenommen worden war. Dieser Mensch hatte immer gute Laune versprüht. Als er in Rente gegangen war, hatte er ein denkwürdiges Fest gefeiert, das doch nur die Wehmut verschleierte, die der Gedanke, nicht mehr arbeiten gehen zu können, in ihm auslöste. Am Anfang schrieben er und Frédéric sich jede Menge E-Mails, die mit der Zeit immer seltener wurden, bis der Kontakt irgendwann vollständig abbrach. Als Frédéric den neuen Kollegen einführte, kam ihm Jean-Pierre Malaquais wieder in den Sinn, und er beschloss, ihn anzurufen. Eine automatische Ansage teilte ihm mit, dass die von ihm gewählte Rufnummer nicht vergeben war. Er probierte es also zu Hause auf dem Festnetz, wo seine Frau das Telefon abhob. Sie sagte, Jean-Pierre Malaquais sei vor ein paar Monaten an einem Gehirntumor gestorben. Frédéric wusste gar nicht, wie er reagieren sollte, er brachte nicht einmal eine Beileidsbekundung hervor. Die Nachricht traf ihn völlig unerwartet. Aber warum hatte die Frau den ehemaligen Mitarbeitern ihres Mannes nicht Bescheid gegeben? Die Antwort lag auf der Hand: Weil sich schon lange keiner mehr gemeldet hatte. Jean-Pierre Malaquais war einsam gestorben.

Wenn Frédéric Hugo hin und wieder einzelne Unternehmensabläufe erklärte, musste er an Malaquais denken. Er nahm sich ihn zum Vorbild und entwickelte zu Hugo eine gute Arbeitsbeziehung. In dem halben Jahr, in dem Hugo mittlerweile im Betrieb tätig war, hatten die beiden Männer sich jedoch nie außerhalb der Arbeit getroffen. Insofern war Hugo doch etwas überrascht, als Frédéric ihm anbot, bei ihm zu Hause ein Gläschen zu trinken.

19

Dem Plan gemäß sollte es so aussehen, als hätte Frédéric Hugo ganz spontan eingeladen. Er hatte am späten Nachmittag vorgeschlagen: »Was hältst du davon, wenn wir das bei mir fertig machen? Wir können uns bei der Gelegenheit ja auch eine Kleinigkeit gönnen.« Er hatte es vermieden zu sagen: Ich möchte dir gern meine

Schwägerin vorstellen, die sich seit Wochen in unserer Wohnung verkriecht. Ebenso hatte er sich eine Bemerkung verkniffen wie: Mir scheint, als hättest du kein sonderlich aufregendes Leben, da könntest du dich ja mit meiner Schwägerin zusammentun. Er enthielt sich stattdessen jeglicher Andeutung, um Hugo nicht unter Druck zu setzen. Der wirkte ohnehin schüchtern genug.[12]

Frédéric spielte weiter die Komödie, als er eintrat und seiner Frau verkündete:

»Ich habe Hugo mitgebracht, Schatz. Wir müssen noch ein Dossier vorbereiten.«

»Ah, okay. Freut mich, dich kennenzulernen, Hugo«, flötete Agathe. »Frédéric hat mir schon viel von dir erzählt.«

»Ganz meinerseits …«

»Wollt ihr was trinken?«

»Prima Idee«, meinte Frédéric.

»Mal sehen, was wir überhaupt da haben«, sagte Agathe, obwohl sie natürlich beim Einkaufen gewesen war. Die beiden hatten etwas von Laiendarstellern, die gerade feststellten, dass sie sogar Talent hatten.

Bevor Agathe in der Küche verschwand, schaute sie im Kinderzimmer vorbei. Dort gab Mathilde Lili gerade das Fläschchen. Seit ihrem Wutausbruch nach dem Konzert

---

12 Lediglich diesen seltsamen Rat erteilte er Hugo, als er bereits die Wohnungstür aufsperrte: »Bitte kein Wort über Kroatien.«

bemühte sie sich, ihre Gastgeber besser zu unterstützen, und kümmerte sich verstärkt um die Kleine.

»Ein Arbeitskollege von Frédéric ist zu Besuch. Magst du mit uns was trinken?«

»Ja, gern. Ich komme gleich, ich bringe nur Lili ins Bett.«

»Wunderbar!«, meinte Agathe, ging zu ihrer Tochter und gab ihr einen Kuss. »Heute bringt dich die Tante ins Bett. Gute Nacht, meine Liebe.«

»Gute Nacht, Maman«, antwortete Mathilde für Lili.

Eine halbe Stunde später saßen sie zu viert am Tisch. Mathilde durchschaute das Spiel sofort, dieser Aperitif hatte absolut nichts Improvisiertes. Man brauchte sich nur all die Würste und Kekse anzusehen, die Agathe aufgefahren hatte. Aber vielleicht hatte Frédéric ihr den Gast ja im Laufe des Nachmittags angekündigt, und sie hatte noch schnell Besorgungen gemacht. Mathilde fand den Arbeitskollegen an sich nett, aber er redete nicht viel. Die Situation (eine Einladung bei einer Person, die in der Hierarchie über ihm stand) schien ihm etwas zuzusetzen, denn er stopfte sich mit Pistazien und Erdnüssen voll, um seine Verlegenheit zu verbergen. Keine besonders geschickte Methode, so trat seine Unsicherheit nur umso mehr zutage. Agathe beeilte sich, ihm nachzuschenken, sobald er sein Glas ausgetrunken hatte. Die Eheleute setzten darauf, dass ein hoher Alkoholpegel die Stimmung lockerte.

»Mathilde interessiert sich leidenschaftlich für künstliche Intelligenz«, eröffnete Frédéric Hugo.

»Leidenschaftlich ist wohl ein bisschen übertrieben. Ich interessiere mich vielleicht leidenschaftlich für Literatur. Aber immerhin habe ich vor Kurzem kapiert, dass die künstliche Intelligenz bald eine ganz wesentliche Rolle spielen wird.«

»Ja«, sagte Hugo, was die Unterhaltung nun nicht groß in Schwung brachte.

»Hast du auch das Buch gelesen von diesem … wie heißt er gleich noch mal?«, fragte Agathe.

»Laurent Alexandre«, sprang Frédéric ein.

»Ach ja«, seufzte Hugo, ohne etwas hinzusetzen.

»Man macht sich echt Sorgen, wenn man das Buch gelesen hat«, schaltete sich Mathilde ein. »Er sagt, dass intellektuelle Ungleichheit zu sozialer Ungleichheit führt, die wiederum gesellschaftliche Spannungen hervorruft. Deswegen ist Bildung so wichtig. Die Politiker merken gar nicht, was da auf uns zukommt.«

»Wisst ihr, dass Laurent Alexandre einen kleinen Bruder gehabt hat, der mit zwei Jahren gestorben ist, weil er irgendein giftiges Mittel verschluckt hat?«, meldete Hugo sich plötzlich zu Wort: Sicherlich eine aufschlussreiche Anekdote, aber als Gesprächseinstieg doch etwas unheimlich. Das hatte gesessen. Ein Schweigen entstand, und Hugo machte sich wieder über die Erdnüsse her.

Dennoch verweilte man noch ein bisschen bei Laurent Alexandre. Frédéric lobte den visionären Autor über den grünen Klee. Hugo in ein Gespräch zu verwickeln, gestaltete sich trotz aller Anstrengungen schwierig. Die Umstände schienen ihn zu lähmen. Er hatte recht schnell begriffen, dass dieses Beisammensein dazu diente, ihn mit Mathilde bekannt zu machen. Er sollte lustig und zugleich klug sein, gelassen und doch aufmerksam, er sollte sich mit allem einverstanden erklären und dabei seinen eigenen Standpunkt vertreten, kurz, das Ganze war ein Test, dem er sich nicht gewachsen fühlte. Obendrein ging es wohl darum, sich selbst ein wenig ins rechte Licht zu rücken, sich positiv darzustellen. Aber was hatte er schon Positives über sich zu sagen? Nichts. Oder zumindest nicht viel. Seit der Trennung von Mona kam er sich völlig wertlos vor. Ihm fehlte jegliches Selbstvertrauen. Das war es eigentlich, was ihn mit Mathilde verband. Agathe und Frédéric konnten allerdings schlecht sagen: Ihr habt etwas gemeinsam, ihr seid beide hochgradig depressiv, seitdem eure Beziehungen in die Brüche gegangen sind … Vielleicht hätten Mathilde und Hugo ihre Erfahrungen austauschen können, wie es ist, von einer solchen Katastrophe erschüttert zu werden, wenn sie zu zweit gewesen wären. Aber zu viert war das nicht möglich.

Hugo musste jedoch zugeben: Mathilde entsprach ganz seinem Geschmack. Zum Wiedereinstieg hätte er lieber mit einer Frau geflirtet, die ihm nicht so gut gefiel. Als Probelauf sozusagen. Er spürte den Druck, dass er eigentlich Leistung bringen sollte. Aber er hätte sich gar keine Sorgen zu machen brauchen. Mathilde fand die krampfhaften Versuche dieses Herrn, einen anständigen Eindruck zu hinterlassen, halbwegs rührend. Das war nicht das Problem. Das Problem war, dass sie überhaupt keine Lust hatte, jemanden kennenzulernen. Weder Hugo noch irgendeinen anderen Mann. Nach einer Enttäuschung, wie sie sie erlebt hatte, geht man entweder verloren oder man verschließt sich. Sie hatte keine Ahnung, wie lange ihr Kummer und ihr Schmerz anhalten würden (allein der Körper weiß das), ihr war nur klar, sie war schlicht nicht bereit.

Als Agathe ein Tablett in die Küche trug, stapfte sie ihr hinterher.

»Ihr habt anscheinend vor, mich zu verkuppeln?«

»Ach wo.«

»Ich kann es euch nicht verübeln. Ist wohl normal. Ihr sucht einen Kerl für mich, damit ihr mich endlich loswerdet.«

»So ein Blödsinn!«

»Natürlich.«

»Wir wollen bloß, dass du glücklich wirst.«

»Ich werde nie mehr glücklich sein.«

»Sag so was nicht.«

»Hör zu, ich möchte nicht darüber reden. Ich gehe jetzt ins Bett. Bitte entschuldige mich bei dem Freund von Frédéric.«

»Aber das kannst du nicht machen!«

»Wieso nicht? Willst du mich dazu zwingen, dass ich dableibe? Dass ich mit ihm schlafe? Würde dir das Spaß machen, mich dazu zu zwingen? Also wenn du sagst, ich muss mit ihm schlafen, dann schlafe ich halt mit ihm.«

»Nein … so ein Quatsch …«

»Dann lass mich in Ruhe, ja? Ich will allein sein.«

»…«

Sie stürzte ins dunkle Kinderzimmer, zu Lili und dem künstlichen Sternenhimmel. Agathe trug ihr Tabletts zurück ins Wohnzimmer und teilte mit: »Mathilde lässt sich entschuldigen. Sie fühlt sich nicht wohl.« Der Grund ihrer Geselligkeit hatte sich erledigt. Niemand erwähnte mehr das Dossier, das vorzubereiten war. Hugo knabberte noch ein paar Erdnüsse und fuhr dann mit der Metro nach Hause.

20

Frédéric klopfte an Mathildes Tür, vorsichtig, um Lili nicht zu wecken. Es war ihm ziemlich peinlich, dass er dieses Treffen eingefädelt hatte. Keinerlei Reaktion seitens seiner Schwägerin. Er flüsterte: »Mathilde … ich möchte mit dir reden …« Da sie noch immer nicht antwortete, wisperte er ein paarmal ihren Namen: »Mathilde, Mathilde«, es klang fast wie ein Wiegenlied. Schließlich erwiderte sie: »Du kannst reinkommen.« Sie lag im weißen Nachthemd und mit wallendem Haar auf dem Bett. Ein Hauch von *Ophelia* von John Everett Millais, ein präraffaelitisches Bildnis. Ein menschliches Wesen, das in einem eigenartigen Fluss treibt, ein süßer Anblick des Todes.

Frédéric betrachtete eine Weile das Kunstwerk, bis Mathilde sich aufrichtete und fragte: »Du willst mit mir reden?« Er trat näher, unschlüssig, ob er stehen bleiben oder sich zu ihr setzen sollte. Etwas in ihm geriet ins Wanken. Mathilde rückte ein wenig zur Seite, was gewissermaßen eine Einladung war, bei ihr auf dem Bett Platz zu nehmen. Er war in guter Absicht gekommen, er war gekommen, weil er sich entschuldigen und seinen Fehler ausbügeln wollte, aber nun brachte er keinen Ton heraus. Mathilde erkundigte sich erneut, benutzte diesmal jedoch die Vergangenheitsform: »Du wolltest mit mir reden?« Er schaute einen Augenblick seine Tochter an, die friedlich schlief, während er um Worte rang, und sagte endlich:

»Das Ganze ist meine Schuld. Ich wollte dich wirklich nicht vor den Kopf stoßen, ich dachte mir nur … vielleicht wäre es gut … wenn du mal jemanden kennenlernst.«

»Die Sache war dein Einfall?«

»Ja. Also ich habe nicht groß überlegt. Aber Hugo ist echt ein netter Mensch, der bloß ein bisschen einsam ist …«

»Lieb von dir, wie du dich um mich kümmerst. Tut mir leid, dass ich so reagiert habe.«

Mathilde ergriff Frédérics Hand, als sie das sagte. Sie saßen dicht nebeneinander, Frédéric traute sich nicht, ihr das Gesicht zuzuwenden. Vor allem da er spürte, dass sie ihn fest ansah. Warum hatte sie seine Hand genommen? Warum war sie so nah bei ihm? Sie kuschelten sich geradezu aneinander, es war ihm seltsamerweise gar nicht aufgefallen. Wie Teenager saßen sie da, Hand in Hand, als wüssten sie noch nicht, ob sie gleich den Mut zum ersten Kuss aufbringen würden. Die Zeit schien für einen Moment stillzustehen, einen Moment, in dem man sich an die *Zeit der Unschuld* erinnern konnte. Glücklicherweise verharrte Mathilde nicht länger in Schweigen: »Ich glaube, ich bin noch nicht bereit für eine neue Liebe. Im Augenblick jedenfalls noch nicht. Ich habe erst mal genug von Männern.«

»...«

»Dich ausgenommen.«

»Mich ausgenommen?«

»Du bist ein außergewöhnlicher Mann. Immer aufmerksam und ein sehr guter Vater, wirklich toll. Meine Schwester hat so ein wahnsinniges Glück, dass sie dich hat.«

»Ich ... äh ... danke ...«, stammelte Frédéric. Er merkte den Druck ihrer Hand und wollte aufstehen, diesem Augenblick ein Ende bereiten, der ihn ziemlich in Verlegenheit brachte, doch etwas hielt ihn zurück. Vielleicht das Gefühl, das er schon nach dem Konzert gehabt hatte, die Andeutung des Abenteuers, das in der Luft lag, oder vielleicht genoss er es einfach, einer Frau zu gefallen. Dennoch kam er nicht ins Grübeln, er liebte Agathe, möglicherweise nicht mehr so wie am Anfang, aber ihm war klar, dass er ohne sie nicht leben konnte.

Schließlich erhob er sich und wünschte Mathilde eine gute Nacht. Noch bevor er aus dem Zimmer war, rekelte sie sich wieder auf dem Bett. Einen Raum weiter erwartete ihn seine Frau. Auch sie lag auf dem Bett, aber irgendwie anders. Wie konnte das sein? Dass zwei annähernd gleiche Posen ganz unterschiedlich wirkten? »Na? Hat sie es kapiert?«, lautete Agathes Frage. Frédéric zögerte kurz und sagte dann: »Ja. Alles in Ordnung.« Er schaltete das Licht aus, und im Dunkeln kam er langsam zur Ruhe.

21

Hugo lag wach und dachte sich: Die Frauen mögen mich alle nicht.

22

Nein, Lili schlief überhaupt nicht friedlich. Sie ahnte, dass irgendetwas vor sich ging, und vielleicht spürte sie sogar das Beben künftiger Ereignisse. Mitten in der Nacht fing sie an zu weinen. Anscheinend ein Albtraum.

Mathilde nahm sie in die Arme und wiegte sie. Sie sagte ihr leise ins Ohr: »Hab keine Angst, meine Kleine. Ich bin immer für dich da.« Lili ließ sich besänftigen und schlummerte wieder ein. Mathilde war keineswegs genervt, weil das Baby sie aufgeweckt hatte, nein, sie war regelrecht verzückt. Ein Glück, so ein zerbrechliches kleines Wesen trösten und zurück in sein Bettchen legen zu können. Ihre eigenen schlichten Gesten hatten ihr die Macht dessen demonstriert, worauf es im Leben letztlich ankam. Sie war vollkommen überwältigt von der nächtlichen Begebenheit. Natürlich hatte sie ihre Nichte in ihr Herz geschlossen, kümmerte sie sich gern um sie, ging voller Freude mit ihr in den Park, doch Mathilde hatte ein noch stärkeres Gefühl. Sie hatte Tränen in den Augen. Seit dem Konzert regte sich etwas in ihr. Wochenlang hatte sie den Eindruck gehabt, als hätte man ihr die Eingeweide herausgerissen, und jetzt schäumte sie förmlich über, nachdem sie Lili im Arm gehalten hatte. Sie liebte dieses Kind über alles.

War Agathe denn bewusst, was für ein Glück sie hatte? Wahrscheinlich nicht. Ihr erschien die Sache völlig selbstverständlich und normal. Wer alles hat, denkt sich, so muss es sein. Sie hatte eigentlich nie Leid und Schmerz erfahren. Selbst den Tod ihrer Eltern, diesen schweren Schicksalsschlag, hatte sie mit Leichtigkeit überwunden, fand Mathilde. Agathe hatte unleugbar Talent, glücklich zu sein. Brauchte es weitere Beweise? Sie arbeitete in einer Bank. In einem Umfeld, in dem man mit ausgeglichenen und zufriedenen Leuten verkehrte. Genau das Gegenteil von einer Schule. Eine Französischlehrerin musste sich ständig fragen, was die Wörter wirklich bedeuteten. Davon musste man doch psychisch labil werden. Aber der Beruf war gar nicht so sehr das Problem. Das Problem waren vielmehr die Bücher. Mathilde hatte zu viele Romane gelesen. Romane machten unglücklich. Die Literatur brachte nur

Unheil über die Menschheit. Mathilde beneidete ihre Schwester, die keinerlei literarische Bildung hatte und für die Flaubert lediglich eine vage Erinnerung an die Schulzeit war.

Und dann kam ihr jener Moment in den Sinn, in dem ihre Mutter geschrien hatte.

Ein stechender Schmerz durchfuhr sie. Das war der Moment, in dem mein Leben gekippt ist, dachte sie. Sie war als Erste mit dem Drama konfrontiert gewesen. Das hatte Spuren hinterlassen. Sie erkannte plötzlich: *dass sie zum Leiden verdammt war, weil sie die erste Zeugin der Katastrophe gewesen war.* Sie hatte das Elend davongetragen, als wäre sie von einer Krankheit befallen worden. Mathilde war sich ganz sicher. Hätte sie tief geschlafen, wäre Agathe diejenige gewesen, die ihre Mutter am Boden zerstört vorgefunden hätte, alles wäre anders gekommen. Aber nein, sie hatte diesen Schrei hören und all das Schreckliche mit ansehen müssen. Und sie hatte ihre Schwester in dieser Nacht nicht geweckt. Sie hatte die ganze Zeit in ihr sanftes Gesicht geblickt und dabei dem Wimmern der Mutter gelauscht. Diese Stunden, in denen die Schwestern Welten trennten, hatten die Weichen gestellt. Agathe schwebte nach wie vor im siebten Himmel, und Mathilde quälte sich.

23

Am nächsten Tag holte Mathilde wie so oft Lili von der Krippe ab. Bevor sie nach Hause ging, spazierte sie mit der Kleinen noch ein bisschen durch den Park. Eine Frau sprach sie an:

»Sie haben aber eine schöne Tochter.«

»Danke schön«, sagte Mathilde mit einem strahlenden Lächeln.

24

Auch Agathe schämte sich ein wenig für das Treffen mit Hugo, das Frédéric und sie arrangiert hatten. Das Ganze war freilich gut gemeint gewesen, doch der Zeitpunkt offenbar schlecht gewählt. Mathilde litt noch immer unter der Trennung von Étienne. Aber es war unmöglich zu durchschauen, was in ihr vorging. Sie redete nicht, vertraute sich ihrer Schwester nicht an. Agathe musste das respektieren und konnte Mathildes Zustand dadurch nur schwer einschätzen.

Sie schlug vor, etwas trinken zu gehen. Frédéric sollte derweil auf Lili aufpassen. Eine kleine Abwechslung würde ihnen beiden bestimmt guttun. Um die Ecke war eine Bar, die einen recht angenehmen Eindruck machte. Mathilde fiel sofort auf, dass das Lokal hauptsächlich von jungen Leuten besucht war.

»Da merkt man erst, wie alt man geworden ist.«

»Also ich finde uns zwei ziemlich sexy«, erwiderte Agathe, um Optimismus zu versprühen.

Sie bestellten etwas und dann sogar noch etwas und plauderten dabei über Gott und die Welt. Agathe spürte, dass sie allmählich betrunken wurde, während Mathilde sich entsetzlich nüchtern fühlte. Es wurde langsam Zeit, sich den wichtigen Themen zu widmen.

»Wie geht es dir eigentlich gerade?«, erkundigte sich Agathe.

»Gut. Oder zumindest besser.«

»Du weißt, du kannst mir alles sagen.«

»Ja.«

»Manchmal kommt es mir vor, als wärst du böse auf mich.«

»Nein, du tust ja wirklich alles für mich. Ohne dich wäre ich ... keine Ahnung, wo ich ohne dich wäre. Ich bin höchstens böse auf mich selber.«

»Sei doch nicht so streng mit dir.«

»Ich bin halt so.«

»Ja ...«

»...«

»Darf ich dich was fragen?«

»Nur zu.«

»Du redest gar nicht mehr von Étienne. Wie geht es dir denn ... mit dieser ganzen Geschichte?«

»Ich will einfach seinen Namen nicht in den Mund nehmen, deswegen rede ich nicht von ihm. Was soll ich dazu auch noch groß sagen? Er hat mich verlassen, da ist jetzt nichts mehr zu machen. Das ist vielleicht das

Schlimmste, dass ich nichts machen kann. Ich muss etwas akzeptieren, womit ich nicht einverstanden bin. Ich denke ständig an ihn, jeden Tag. Manchmal, wenn ich mir vorstelle, dass er gerade mit der anderen zusammen ist, möchte ich sterben. Vielleicht kriegt sie ja ein Kind von ihm. Das wäre die Hölle für mich. Manchmal werde ich aber auch ganz gut fertig mit der Situation. Sagen wir, ich mache Fortschritte. Hin und wieder denke ich mir sogar, wir hatten eine schöne Zeit, und das ist doch schon mal was.«

Mathilde hatte kaum Luft geholt, es war beinahe, als hätte sie eine vorbereitete Rede vorgetragen. Sie hasste es, sich über ihren Ex-Freund zu unterhalten, aber sie musste, möglichst ehrlich, die Fragen ihrer Schwester beantworten. Es gibt Momente, in denen man nicht aus einem inneren Drang heraus sein Herz ausschüttet, sondern weil man sich genötigt sieht, seine Mitmenschen zu beruhigen (die Absurdität gesellschaftlichen Lebens). Ihre Schwester wollte wahrscheinlich nur das Beste für sie, aber was verstand sie schon von ihrem Kummer? Sie, die nie verlassen worden war. Die noch nie in Kroatien war. Deren Mann nie eine andere gehabt hatte. All das belegte, dass Agathe ihre Gefühle sicher nicht hätte nachvollziehen können.

Wenn man nicht von sich selbst erzählen will, lenkt man das Gespräch am besten auf den anderen. Mathilde fragte:
    »Und wie geht's dir?«

»Mir?«

»Mit Frédéric läuft alles prächtig?«

»Ja. Ich wundere mich, dass du das fragst.«

»Ich wollte mich bloß erkundigen. Weil ich Anteil an deinem Leben nehme. Also in eurer Beziehung ist noch alles wie am ersten Tag?«

»Ja ... das heißt ... seitdem wir Eltern sind, ist sicher vieles anders geworden. Und ...«

Agathe stockte. Fast wäre ihr etwas herausgerutscht. Mathilde wollte dem heiklen Thema aber nicht ausweichen.

»Ich weiß ... es ist bestimmt nicht leicht mit mir. Ich störe euer Privatleben.«

»Es wäre natürlich super, wenn wir eine größere Wohnung hätten. Aber Frédéric ist einfach klasse, er macht sich überhaupt keine Gedanken. Du weißt, wir sind für dich da ... aber ... ich wollte trotzdem mal hören, was du so vorhast. Wie lange wirst du noch bleiben?«

»Keine Ahnung. Ich kann auch bei irgendwelchen Freunden einziehen ...«

»Nein ... nein ... fühl dich bei uns wie zu Hause.«

»...«

»Und was ist mit deiner Arbeit? Gibt's da irgendwas Neues? Es ist so schwer, etwas aus dir herauszukriegen.«

Der *entspannte* Abend kam Mathilde allmählich wie ein Verhör vor. Sie überlegte, ob sie aufstehen und gehen sollte. So etwas musste sie sich nicht antun. Sie empfand die durchaus berechtigten Fragen ihrer Schwester als unverschämte Einmischung in ihre Angelegenheiten. Als Demütigung. Dennoch war sie entschlossen, gute Miene zum bösen Spiel zu machen, und antwortete:

»Ach, entschuldige. Ich wollte es dir schon die ganze Zeit sagen. Es steht jetzt endlich fest, wann die Disziplinarkommission tagt. Der Direktor stärkt mir den Rücken. Aber die Kommission wird sicher keine unerwarteten Entscheidungen treffen. Ich werde erst nächstes Jahr wieder arbeiten, höchstwahrscheinlich dann in einer anderen Schule.«

»Sehr schade, das alles.«

»Tja.«

»Und wie sieht's finanziell aus?«

»Gerade kriege ich bloß einen Teil von meinem Gehalt. Deswegen werde ich mir vor September keine Wohnung leisten können.«

»September ...«

»Hm.«

»Wir können dir auch Geld leihen ... nicht übermäßig viel, aber immerhin genug, damit du dir eine Wohnung mieten kannst.«

»Ist dir so sehr daran gelegen, dass ich mich aus dem Staub mache?«

»Ach was! Es geht mir doch um dich. Du musst dir ein neues Leben aufbauen. Du musst dich doch auch irgendwo zu Hause fühlen.«

»Was ich alles muss.«

»...«

»Ich kann auch mal für ein paar Tage ins Hotel ziehen, wenn ihr eine Verschnaufpause braucht.«

»Das ist ja wohl ein Scherz!? Du kannst so lange bei uns bleiben, wie du willst.«

»Danke, nett von dir.«

»Aber du kannst abends ruhig mal was unternehmen. Du hast doch viele Freunde.«

»Ja, ich werde öfter ausgehen, dann habt ihr eure Ruhe. Versprochen.«

»Das soll doch vor allem dir guttun. Da kommt man auf andere Gedanken, wenn man Leute trifft.[13]«

»Morgen zum Beispiel bin ich verabredet«, log Mathilde. »Mit einer ehemaligen Kollegin.«

»Na wunderbar …«, meinte Agathe und winkte die Bedienung herbei wegen der Rechnung. Das Gespräch und der Alkohol hatten ihr ganz schön zugesetzt. Sie sehnte sich nach ein bisschen Erholung und beschloss, am nächsten Tag nicht in die Arbeit zu gehen. Sie würde einfach ein Fieber vorschützen.

25

Manche Menschen wirken immer gleich, es ist faszinierend. Sabine gehörte zu dieser Kategorie von Leuten. Sie vermittelte den Eindruck, als könnte sie das Rad der Zeit anhalten. Mathilde traf sie in einem griechischen Restaurant, das Menüs zu recht vernünftigen Preisen anbot. Dieses Kriterium war für Mathilde aber gar nicht

---

13 Ein dämlicher Ausdruck, dachte Mathilde. Als könnte man seine Gedanken austauschen, so wie man das Blumenwasser wechselt.

entscheidend, sie hatte überhaupt keinen Hunger. Sie bestellte lediglich einen halben Liter Rotwein. Sabine schloss daraus, dass die einstige Lehrerin mittlerweile Alkoholikerin war. Doch Sabines Schlüsse waren oft etwas voreilig.

Wenigstens schien sie einigermaßen erfreut, Mathilde zu sehen.

»Ich habe mir solche Sorgen gemacht. Du bist ja gar nicht mehr ans Telefon gegangen.«

»Entschuldige. Aber nach dem, was vorgefallen war, wollte ich mich ein wenig zurückziehen.«

»Du hättest trotzdem mal zurückrufen können …«, beharrte Sabine, als wäre sie diejenige, die in einer schwierigen Phase steckte. Da Mathilde nichts darauf sagte, fuhr sie mit etwas sanfterer Stimme fort:

»Na ja, ich habe mir schon gedacht, dass es dir wahrscheinlich nicht so gut geht. Die ganze Schule hat von nichts anderem mehr geredet. Ich mochte es erst gar nicht glauben, aber die Schüler konnten es ja bezeugen. Mathilde, wie konnte das passieren? Wie hast du diesem Jungen nur eine runterhauen können? Du hattest den doch so gern …«

»Ich will jetzt eigentlich nicht davon sprechen. Ich habe mich zu der Sache ja schon geäußert.«

»Pardon, ich kapiere das einfach nicht. Du bist doch sonst nie ausfallend geworden. Für mich warst du immer die Güte selbst. Also das bist du im Prinzip immer noch …«

»…«

Mathilde schwieg. Sie hatte das Gefühl, dass irgendjemand anderes gemeint war. *Die Güte selbst.* Die vergangenen Wochen hatten ihre gesamte Persönlichkeit ausgelöscht. Sie erinnerte sich nur schwach an die junge Frau, die sie einmal gewesen war. Ihr Gesicht verschwamm vor ihren Augen. Sie musste sich gewaltig anstrengen, um sich das Bild ins Gedächtnis zu rufen, von dem man behaupten konnte, es stelle die Güte selbst dar. Wenn sie zurückblickte, sah sie bloß eine verlassene Frau. Und eine suspendierte Lehrerin. Ihr ganzes Leben beschränkte sich auf zwei einschneidende Ereignisse, die absolute Herrscher über ihren Verstand waren. Der Schmerz hatte alles vernichtet. Es kam ihr absurd vor, von früher zu reden. Sie war sich selbst fremd geworden.

Sie sagte schließlich: »Ich möchte an sich nicht von mir sprechen. Ich habe dich angerufen, weil ich mal auf andere Gedanken kommen wollte. Ich dachte mir, Sabine ist eine, die im Grunde doch nur über sich selbst redet.«
Sabine, die nicht allzu viel Humor hatte, war völlig perplex. Sie fragte sich, ob das jetzt eine bissige oder eine nette Bemerkung gewesen war. Mathilde hatte übrigens durchaus recht. Sabine liebte es, aus dem Nähkästchen zu plaudern. Mathildes Beurlaubung hatte sie in eine ziemlich unangenehme Lage gebracht. Wem konnte sie beim Mittagessen nun ihr Herz ausschütten? Sie hatte sich Mireille Baluche zugewendet, eine Geschichts- und Erdkundelehrerin, die kurz vor der Rente stand. Aber Mireille wusste nicht einmal, was Tinder war. Und Sabine

hatte keine Lust, ihre intimen Geheimnisse jemandem auf die Nase zu binden, der schon seit Jahren oder vielleicht seit Jahrzehnten kein Sexualleben mehr hatte.[14]

Nachdem Sabine vergeblich versucht hatte, andere Kollegen für ihre Abenteuergeschichten zu begeistern, hörte sie auf damit, in der Kantine ihre Pikanterien zum Besten zu geben. Vielleicht hatte sie sich auf manche Affäre nur eingelassen, um Mathilde etwas erzählen zu können. Sie war eine typische Vertreterin der heutigen Zeit. Sie hielt ihre Privatsphäre für eine Sehenswürdigkeit, die man abfotografiert, aber gar nicht richtig anschaut.

Ironie des Schicksals: Als Mathilde sich gemeldet hatte, hatte sie gar nichts zu erzählen. Sie war glücklich, und das Glück zu beschreiben, ist schlicht sterbenslangweilig. Da Mathilde aber den Anschein machte, als wollte sie alles wissen, berichtete Sabine davon, wie sie auf Tinder Anthony kennengelernt hatte. Er war Bibliothekar.

»Vom Äußeren her hat er mich ja überhaupt nicht angesprochen. Aber ich hatte wirklich genug von diesen flüchtigen Beziehungen. Von Typen, die sich dann doch nicht scheiden lassen wollen, von Typen, die zu

---

14 In Wahrheit hatte Mireille Baluche sofort erkannt, dass Sabine dazu neigte, ihren Mitmenschen ein Ohr abzukauen. Sie tat also erst einmal so, als würde sie gar nicht verstehen, was Sabine da faselte, und schlug ihr damit ein Schnippchen. Mireille konnte wieder in Ruhe essen. Ihr Liebesleben, dies nur nebenbei, war eigentlich viel interessanter, als es schien. Es bot Stoff für einen ganzen Roman.

keiner Entscheidung kommen, von Typen, bei denen du merkst, dass sie immer auf der Suche nach einer noch tolleren Frau sind, von denen hat es mir echt gereicht. Ich habe mir ein bisschen sein Profil angeguckt. Am meisten hat mir gefallen, dass er auf dem Foto vor einer Bibliothek stand. Vor einer Bibliothek, stell dir das mal vor, so was sieht man total selten. Ich würde sogar sagen, so was hatte ich noch nie gesehen. Wir haben angefangen zu chatten, und er war gar nicht darauf aus, mich so schnell wie möglich zu treffen. Er wollte mich erst mal kennenlernen. Er hat mir jede Menge Fragen gestellt. So was hatte ich auch noch nie erlebt. Oft stellen die Männer zwar Fragen, aber die Antworten sind ihnen herzlich egal. Sie wollen ja bloß mit einem ins Bett steigen. Aber er hat sich ernsthaft für mich interessiert. Ich habe mit ihm über ein paar Kindheitserinnerungen von mir geredet, und mir ist klar geworden, dass ich eigentlich keinen Funken Selbstvertrauen habe und wahnsinnig verunsichert bin. Hörst du mir überhaupt zu?«

»Ja, natürlich«, log Mathilde.

»Ah, okay, ich hatte irgendwie das Gefühl, du bist mit den Gedanken woanders.«

»Nein, gar nicht. Dann … habt ihr euch also getroffen?«

»Ja. Aber vorher habe ich ihm noch eine Frage gestellt. Soll ich dir sagen, welche?«

»Ja«, stöhnte Mathilde. Sie fand Sabines Art unausstehlich, sich ständig zu vergewissern, ob man tatsächlich zuhörte beziehungsweise das nächste Detail, das sie gleich enthüllen würde, auch begeistert aufnahm. Es genügte ihr offenbar nicht, das große Wort zu führen, man sollte diesem Wort auch noch den roten Teppich ausrollen.

»Ich habe mich nämlich mit ziemlichen Zweifeln rumgeschlagen. Ich meine, in Bezug auf meine Arbeit. Ich habe mich ständig gefragt, wozu man in der Schule überhaupt Spanisch lernt. Den meisten Leuten ist Spanisch ja komplett schnuppe. Englisch, das ist wichtig. Ich habe also Anthony gefragt, wie er darüber denkt. Wozu man Spanisch braucht. Und weißt du, was er gesagt hat?«

»Nein«, antwortete Mathilde konsterniert. Zu wissen, was der Bibliothekar gesagt hatte, lag eindeutig jenseits des Menschenmöglichen.

»Er hat gesagt: ›Dann kann man Roberto Bolaño im Original lesen. Das ist doch grandios, wenn man das kann.‹ Was für eine wunderbare Antwort. Und auf einmal habe ich es wieder recht nützlich gefunden, Spanisch zu können. Ich habe im Unterricht erst mal den ganzen ersten Teil von *2666* gelesen, und ein paar Schüler waren richtig hingerissen von diesem seltsam schönen Roman. Hast du ihn auch gelesen?«

»Nein«, log Mathilde erneut. Sie hatte Bolaño gelesen, wollte aber der Gefahr aus dem Weg gehen, mit Sabine sein Werk analysieren und sich am Ende über literarische Vorlieben austauschen zu müssen.

Es war ein furchtbarer Abend. Mathilde war diese Unterhaltung extrem zuwider. Keine Spur mehr von der jungen Frau, die einmal *die Güte selbst* verkörpert hatte. Machte das Leid sie böse? Anscheinend. Ist das Leben grausam zu mir, werde ich eben auch grausam, hätte ihre neue Devise lauten können. Sabine breitete sich derweil weiter über ihr Glück mit Anthony aus, sie hielt sich nicht vor Augen, dass ihr Gegenüber ja in einer tiefen Krise steckte. Sie hätte sich ruhig ein bisschen beherrschen können, auch wenn Mathilde sie freilich aufgefordert hatte, von sich selbst zu reden. Sie hätte ein wenig Anstand zeigen können. Aber nein, sie musste alles loswerden. Da waren das erste Rendezvous, der erste Restaurant- und der erste gemeinsame Kinobesuch, der erste Kuss und dann der Sex, anschließend endlose Gespräche (diese Gespräche konnte Mathilde sich recht gut vorstellen). Sabine berichtete von Anthonys Kindheit in Reims, hielt sich kurz mit der Stadt und der dortigen Kathedrale auf, malte sich aus, was für Reisen sie zusammen unternehmen würden, nach Berlin, Tokio und Honolulu, räumte leichte Spannungen aufgrund ihrer unterschiedlichen politischen Auffassungen ein, erzählte vom ersten Zusammentreffen mit Anthonys Eltern, ein großer Moment, und einem weiteren Gespräch über ihr bisheriges Liebesleben, Anthony habe ihr erst nicht sagen wollen, dass er schon überlegt hatte, ob er vielleicht schwul sei, und sie wollte ihm erst nicht sagen, dass sie schon mit ziemlich vielen Männern geschlafen hatte, kurzum, das Ganze klang wie ein herrlicher Roman, und dieser Roman wäre noch lang gewesen, wäre Mathilde Sabine – sie war gerade bei einer unglaublichen Anekdote, sie hatten Alain Souchon auf der Straße gesehen, sagenhaft, oder? – nicht plötzlich in die Parade gefahren:

»Interessiert mich null.«

»Was?«

»Deine Geschichten interessieren mich null. Sie haben mich eigentlich noch nie interessiert. Ich kann mir gar nichts Langweiligeres vorstellen als dein Gerede. Soll mir lieber das Trommelfell platzen, bevor ich mir das noch länger anhöre.«

»...«

»Ich habe mich bloß mit dir verabredet, weil meine Schwester will, dass ich hin und wieder was unternehme, Leute treffe. Und keine Ahnung, wie ich da ausgerechnet auf dich gekommen bin. Ganz schön blöd von mir. Ich hatte anscheinend total vergessen, was für eine Qual ein Abend mit dir ist.«

»...«

»Aber was deinen Anthony angeht, bin ich voll und ganz deiner Meinung. Das muss ein super Typ sein. Wer es nämlich mit dir aushält, ist garantiert unerschütterlich.«

»...«

»Du kannst zahlen. Ich bin ja arbeitslos«, sagte Mathilde, erhob sich und verließ das Lokal.

Sabine stand erst einmal unter Schock. Ihr war zum Heulen zumute, aber sie konnte nicht weinen. Auch ihre Tränendrüsen standen unter Schock. Nach ein paar Minuten nahm sie sich zusammen, beglich die

Rechnung und machte sich auf den Nachhauseweg. Sie wollte nur noch: schnell alles Anthony erzählen.

26

Am nächsten Morgen erkundigte sich Agathe bei ihrer Schwester, ob sie einen netten Abend gehabt habe. Mathilde war kurz angebunden und meinte lediglich, es sei sehr schön gewesen, diese Freundin wiederzusehen.

27

Einige Tage später fragte Agathe:

»Kannst du kommenden Dienstag vielleicht auf Lili aufpassen? Frédéric und ich sind zu einem festlichen Empfang eingeladen. Im Grand Palais. Macron wird auch da sein. Ich bin schon ganz aufgeregt!«

»Kommenden Dienstag?«

»Genau.«

»Tut mir leid. Da ist der Geburtstag von Sabine, und ich habe versprochen, dass ich vorbeischaue.«

»Na, macht nichts. Dann suchen wir uns einen Babysitter. Aber ist ja klasse mit der Geburtstagsparty. Weißt du schon, was du ihr schenken wirst?«

»Wahrscheinlich ein Buch von Roberto Bolaño.«

»Ah, sagt mir nichts.«

Mathilde verkniff sich die Bemerkung, die ihr auf der Zunge lag: Das habe ich mir gedacht, dass dir das nichts sagt. Es kam immer öfter vor, dass sie sich mit Seitenhieben gegen ihre Schwester zurückhalten musste. Es kostete sie Mühe, die Atmosphäre nicht zu vergiften. Das Zusammenleben auf so engem Raum gestaltete sich schwierig, Mathilde fand Agathe gelegentlich unerträglich, gelegentlich auch einfach dämlich. Wie sie sich ereiferte, wie ein hirnverbrannter Teenager: »Macron wird auch da sein. Ich bin schon ganz aufgeregt!« Außerdem verbarg sich hinter ihrer gutmütigen Fassade ein gemeiner Charakter. Es lag auf der Hand, dass sie vorhatte, ihre Schwester vor die Tür zu setzen. Sie mochte ihr die Wahrheit nicht ins Gesicht sagen, tat so, als könnte sie warten, doch für Mathilde bestand überhaupt kein Zweifel: Agathe wollte sie so schnell wie möglich loswerden.

Zwei Tage zuvor hatte sich eine seltsame Begebenheit zugetragen: Mathilde hatte mit Lili im Kinderzimmer gespielt und sie gekitzelt. Das Kind hatte gelacht, wie nur Kinder lachen können. Ein köstlicher Moment für beide. Agathe steckte den Kopf ins Zimmer und beobachtete still die Szene. Schließlich gab sie einen trockenen Kommentar ab: »Ist ja toll, dass ihr euch so amüsiert …« Mathilde spürte in ihrem Tonfall einen Hauch von Bitterkeit, um nicht zu sagen von Eifersucht. Tante und Nichte waren sich fraglos nähergekommen. Zwischen beiden herrschte ein intuitives Einvernehmen. In Mathildes Armen wirkte Lili immer glücklich, dagegen schien sie mitunter gar nicht begeistert, wenn ihre Maman sie drückte. Agathe beschlich wohl das Gefühl, das so manche berufstätige Mutter überkommt, das Gefühl, dass ihr Kind zu einer anderen Bezugsperson mehr Zuneigung empfindet als zu ihr. Sie freute sich sicher, dass ihre Schwester und ihre Tochter ein hervorragendes Verhältnis zueinander hatten, aber dieses Verhältnis musste anders werden. Lili sollte sich wieder stärker ihrer Mutter zuwenden. Mathilde lag allerdings falsch, wenn sie Eifersucht bei ihrer Schwester ausgemacht hatte. Agathe bewegte sich höchstens am Rande der Eifersucht, aber eben nur am Rande.

28

Am folgenden Dienstag warf Mathilde sich für eine Geburtstagsparty in Schale, die überhaupt nicht stattfand. Der Vorgang spiegelte ihr ganzes Leben wider. Ihr war, als führte sie ein Leben, das überhaupt nicht stattfand. Sie handelte vollkommen ziellos. Ihre Erinnerungen waren verschwommen, und für die Zukunft gab es keine Hoffnung. Die beiden Schwestern wünschten einander einen schönen Abend, Mathilde setzte hinzu: »Sag Emmanuel liebe Grüße von mir.« Agathe grinste über beide Ohren und versprach, sie werde sie ausrichten. Ein lächerlicher, erbärmlicher kleiner Anflug von Humor, um so zu tun, als wäre alles gut. Ihre Beziehung nahm immer erschütterndere Züge an.

Mathilde wählte eine Bar am anderen Ende der Stadt, wo sie sich sicher sein konnte, keinem Bekannten zu begegnen. Sie hatte auch überlegt, ob sie ins Kino gehen sollte, hatte sich aber allein nicht dazu aufraffen können. Mit Étienne war sie oft im Kino gewesen. Sie hatten ein Abo gehabt und sich fast jeden Sonntag irgendeinen Film angesehen.[15] So war sie also in einer ziemlich düsteren Kneipe gelandet, in der sie sich ihrem Zustand entsprechend ins hinterste Eck gleich neben der Toilette setzte. Eine müde Neonröhre flackerte im Raum. Es gab gewiss keinen vernünftigen Grund, sich an diesem Ort aufzuhalten, wenn man nicht gerade eine außereheliche Affäre hatte oder auf der Flucht war (was im Prinzip aufs Gleiche hinauslief). Seltsamerweise fühlte sich Mathilde ganz wohl. Das Lokal weckte zumindest keine Erinnerungen. Seine Hässlichkeit stellte eine willkommene Ablenkung dar. An einem anderen Tisch saßen zwei Männer, die Polnisch zu sprechen schienen.

---

15 Mathilde dachte an dieses Abo, das sich nun nicht mehr lohnte. Als sie mit Étienne zusammen gewesen war, hatte sich die Sache wirklich gerechnet. Sie hatte gedacht, dass dieses Abo für die Kinobetreiber ein Verlustgeschäft war. Tatsächlich brauchten sie nur ein bisschen Geduld. Sie konnten darauf warten, dass die Beziehungen ihrer Abonnenten scheiterten, die dann aufhörten, die Vorstellungen zu besuchen, aber weiter das Abo zahlten. Die moderne Unsicherheit in Liebesdingen brachte es mit sich, dass am Ende die Kunden die Gelackmeierten waren. Wer macht sich mit gebrochenem Herzen schon auf zur Post, um eine schriftliche Kündigung eines Abonnements aufzugeben? Jedes verlockende Angebot vertraut letztlich auf ein baldiges Unglück des Verbrauchers.

Die Bedienung kam. Sie baute sich wortlos vor Mathilde auf. Wurde ihr ein Teil ihres Gehalts abgezogen, wenn sie etwas sagte? Brav harrte sie darauf, dass die Besucherin den getränketechnischen Grund ihres Daseins formulierte. Auch als Mathilde schließlich einen Whisky ohne Eis bestellte, blieb sie stumm. Vielleicht war es ja ein neuer Trend im Gastgewerbe, die Arbeit schweigend zu verrichten. Oder es bestand die Möglichkeit, dass diese Frau ganz genau wusste: Wer in einem finsteren Schuppen im hintersten Eck Platz nimmt, hat keine Lust zu reden.

Mathilde kippte drei Whiskys und war überhaupt nicht betrunken. Früher war sie schon nach zwei Gläsern Champagner beschwipst gewesen. Wer leidet, ist zur Nüchternheit verdammt. Der tut sich schwer, aus sich selbst auszubrechen. Ein Mann um die fünfzig gesellte sich zu ihr. Er bemühte sich, sich von seiner besten Seite zu zeigen, Mathilde kombinierte jedoch schnell, dass sich jemand, der sich in einer derartigen Spelunke herumtrieb, als Verlierer auswies. Sein Bierbauch verriet außerdem, dass er zu viel trank. Er sagte:

»Du bist eigentlich zu hübsch, um hier rumzulungern. Was hast du für Probleme?«

»Ich habe überhaupt keine Probleme. Mein einziges Problem ist vielleicht, dass Sie hier versuchen, ein Gespräch mit mir anzuknüpfen.«

»Du brauchst mir nichts vorzumachen. Wenn du hier rumsitzt, heißt das, dass es dir nicht gut geht. Und wenn es einem nicht gut geht, hilft reden. Am besten mit einem Fremden. Und am allerbesten mit einem besoffenen Fremden, weil der schon am nächsten Tag wieder vergessen hat, was man ihm erzählt hat.«

»Was willst du von mir?«, fragte Mathilde angriffslustig. Sie hatte beschlossen, den Mann ebenfalls zu duzen.

»Nichts.«

»Willst du mit mir schlafen?«

»Was?«

»Das ist es doch, was du willst. Tu nicht so, als ob du dich für mich interessieren würdest. Warum solltest du dich auch für mich interessieren? Du willst bloß ficken. Hast dir die Gelegenheit jetzt nicht entgehen lassen, eine junge Frau anzusprechen, hm? Du widerlicher alter Sack. Hast dir gedacht, die Kleine sieht leicht beschickert aus, und probieren kostet ja nichts, hm? Bravo, alles richtig gemacht. Ist dein Glückstag heute. Kannst mich abschleppen. Ich frage mich zwar, ob du noch einen hochkriegst, nach dem, was du schon alles intus hast, aber wir können es ja mal versuchen. Okay, gehen wir? Ist deine Bude weit?«

»...«

Der Typ wohnte gleich über der Kneipe. Er konnte es kaum glauben. Ihn durchfuhr der Gedanke, dass die Frau vielleicht verrückt war und ihn umbringen wollte. Es gab allerdings Zeugen, die gesehen hatten, wie sie gemeinsam den Laden verlassen hatten. Bestimmt war sie eine Nymphomanin. Das klang einleuchtend. Wobei, eigentlich nicht. Er spürte, dass sie nicht von Sexgier getrieben war. Man kann einem Menschen seine geschlechtliche Aktivität nicht vom Gesicht ablesen, aber er hatte das Gefühl, dass sie schon lange mit niemandem mehr geschlafen hatte. Vielleicht war sie gerade aus dem Gefängnis entlassen worden und schnappte sich nun den Erstbesten. Aber ... sie war echt schön. Sie konnte sich jeden Kerl angeln. Warum nahm sie ausgerechnet ihn? Er war so ergriffen von ihrer Schönheit, dass er fürchtete, er würde nicht imstande sein, sie zu vögeln.

Mathilde drängte ihn sofort zum Sofa, nachdem sie die Wohnung betreten hatten, die ähnlich schäbig war wie die Bar unten. Sie streichelte ihn zwischen den Beinen und knöpfte ihm die Hose auf. Sein Schwanz verbarg sich unter einer Bauchfalte, Mathilde unterdrückte ihren Ekel. Sie war vollkommen Herrin ihrer Sinne. Was sie tat, tat sie nicht im Rausch. Dachte sie sich vielleicht, dass sie Étienne am leichtesten vergaß, wenn sie sich besudelte? Dass die Erinnerungen schwinden würden, wenn sie es mit den jämmerlichsten Typen trieb? Nein. Sie kam sich schlicht wertlos vor. Sie wollte gedemütigt, in den Dreck getreten und vergewaltigt werden, um ganz im Einklang mit sich selbst zu sein.

Sein Schwanz wurde immerhin steif, als sie sich ihn in den Mund steckte. Mathilde lutschte, als hinge ihr Leben davon ab, ob dieser Mann einen Orgasmus erlebte. Er stöhnte immer lauter, röchelte wie ein Tier. Schließlich packte er energisch ihren Kopf und unterstützte ihre Bewegungen. Mit einem Schrei kam er zum Höhepunkt. Er nötigte sie, bis zu den letzten Zuckungen der Lust in ihrer Stellung auszuhalten. Schwer zu sagen, was in ihr vorging, im Dämmerlicht war wenig zu erkennen. Sie hatte selbst keine Ahnung. Sie hatte einen Moment überlegt, ob sie fest zubeißen sollte, sich letztlich aber dafür entschieden, es ihm ordentlich zu besorgen. Sie schluckte seinen Samen hinunter, tätschelte den Herrn noch ein bisschen, stand dann plötzlich auf und verschwand.

29

Die anderen schienen bereits zu schlafen, als sie zurückkam. Der Babysitter war schon weg. Dabei war es gerade einmal zwölf. Sie trat an Lilis Bett. Da lag die Kleine mit weit aufgerissenen Augen. Mathilde dachte, dass sie auf sie gewartet hatte.

30

Nachts wurde Mathilde von Geräuschen geweckt, die offenbar aus dem Badezimmer kamen. Jemand musste sich anscheinend übergeben. Am Morgen war ihre Schwester kreidebleich im Gesicht.

»Hast du gestern zu viel getrunken?«, erkundigte sich Mathilde.

»Nein, gar nicht. Ich weiß echt nicht, was mit mir los ist.«

»Und wie war euer Abend?«

»Nicht so berauschend. Macron war überhaupt nicht da. Wir sind ziemlich früh nach Hause gegangen. Und wie war's bei dir?«

»Ganz nett. Ich habe jede Menge alte Kollegen getroffen. Hat mir gutgetan.«

»Na prima. Also ich gehe heute nicht in die Arbeit. Ich habe der Bank schon Bescheid gegeben.«

»Richtig so.«

»Kannst du Lili in die Krippe bringen?«

»Kann sie denn nicht hier bei uns bleiben? Dann sind wir eben zu dritt heute.«

»Okay … wenn du meinst«, sagte Agathe, obwohl sie von der Idee an sich wenig begeistert war. Sie fühlte sich so furchtbar elend, dass sie ihre Tochter lieber gar nicht um sich haben wollte, doch es war nicht leicht, Mathildes Vorschlag abzulehnen, ohne herzlos zu wirken.

Agathe legte sich wieder hin, und Mathilde bereitete das Frühstück für Lili zu. Sie hatte sich in den vergangenen zwei Monaten rasant entwickelt, fand sie. Ob das Mädchen wohl ein glückliches Leben haben würde? Bestimmt, bei so lieben Eltern. Früher oder später würde sie den Liebeskummer kennenlernen. Oder vielleicht auch nicht? Die Menschheit war ja in zwei Lager gespalten. In Sieger und Verlierer. Mathilde gehörte eindeutig zu den Besiegten, so viel stand fest. Und ins andere Lager hinüberzuwechseln, war unmöglich. Wenn sie doch nur in ein Wunderland fallen könnte, wie Alice. Jeder Weg, den sie einschlug, war eine Sackgasse. Im

September würde sie wieder anfangen zu arbeiten. Von ihrem Gehalt würde sie sich bloß eine ganz kleine Wohnung leisten können. Eines Tages würde sie erfahren, dass Étienne und Iris inzwischen verheiratet waren und Iris ein Kind bekommen hatte. Vielleicht sogar schon das zweite. Schweigend würde sie es hinnehmen. Sie würde ein einsames Leben führen, ohne Kontakt zu früheren Freunden. Und was würde mit der Liebe sein? Sie konnte Sabines Beispiel folgen, sich in den sozialen Netzwerken umsehen, die Dating-Apps installieren, sich ständig verabreden und hoffen, eines Tages den Richtigen zu finden, der das Glück zurückbringt und Étienne vergessen macht. Aber all das war sinnlos. Mit der Liebe war es aus und vorbei. Ihr fehlte jegliche Hoffnung. Am Ende würde sie sich noch einen Arbeitskollegen anlachen. Einen Geschichts- und Erdkundelehrer vielleicht. Sie konnte ihn sich schon lebhaft vorstellen: groß, hager, lange, behaarte Arme, die man bereits im März bewundern konnte, wenn er seine kurzärmligen Hemden ausgepackt hatte. Nach ein paar Monaten würden sie zusammenziehen, und am Abend würden sie dasitzen und Unterrichtsprobleme erörtern oder sich über den einen oder anderen Schüler unterhalten. Im Sommer würden sie nach Spanien fahren oder Mathieus Familie in der Drôme oder im Puy-de-Dôme besuchen. Ach ja, er hieß Mathieu. Und alle würden sagen, Mathieu und Mathilde, das ist ja lustig, wenn die Namen sich so ähnlich sind, seid ihr wie füreinander geschaffen. Sie würde einen Jungen und ein Mädchen zur Welt bringen. Der Junge wäre ein eifriger Fußballer und das Mädchen eine leidenschaftliche Tänzerin. Das perfekte Quartett fürs Familienfoto. Niemand würde ahnen, dass sie in Wahrheit eine Verliererin war. Sie würde es selbst beinahe vergessen haben, aber eine zufällige Begegnung mit Étienne sollte sie daran erinnern. Sie würden ein paar Banalitäten austauschen, nichts Wichtiges, man wollte den anderen ja nicht verletzen. Aber dieses Wiedersehen würde ihr trotzdem wehtun, Étienne würde ihr nach wie vor gefallen. Noch am selben Abend würde sie sich, nachdem sie ihre Kinder ins Bett gebracht hatte, in der Küche ein Glas Wein einschenken. Und anschließend noch eins. Einige Zeit später würde sie sich einen Liebhaber nehmen. Sie würde Spaß am Sex haben und ständig an das nächste heimliche Rendezvous denken. Doch irgendwann würde ihr klar werden, dass auch der sinnliche Genuss eine Sackgasse war. Genauso wie die Mutterliebe. Die Gefühle für ihre Kinder und die für ihren Mann waren ihr abhandengekommen. Mathieu würde zum Glück ein großartiger Vater sein. Da hatte sie es ausnahmsweise mal nicht total vermasselt. Er würde immer zuvorkommend sein, Mathilde jedoch grässlich langweilen, im Grunde würde ihr jedes Gespräch mit ihm auf die Nerven gehen. Dennoch würde sie sich nicht von ihm trennen. Sie würde jede Menge Liebhaber haben. Und schließlich würden die Kinder von zu Hause ausziehen. Mathieu und Mathilde konnten ein neues Leben beginnen. Zusammen würden sie an einem historischen Roman arbeiten, der nie erscheinen würde. Sie würde ihn nun doch verlassen und weiter ihr Verliererinnendasein fristen.

An der Stelle wurde Mathilde unterbrochen, ihre Schwester rief sie.

»Wie geht's dir?«, fragte Mathilde.

»Ich habe mich noch mal übergeben, aber jetzt geht's mir besser«, gab Agathe zurück.

»Soll ich dir vielleicht einen Kräutertee kochen?«

»Ja. Danke.«

»Nichts zu danken.«

Mathilde machte sich in die Küche auf. Lili krabbelte hinter ihr her. Plötzlich kam ihr ein Gedanke. Als sie wieder im Schlafzimmer war, sagte sie:

»Kann es nicht sein, dass du schwanger bist?«

»Ach, glaubst du, dass ich schwanger bin?«

»Du warst gestern Abend nicht betrunken. Dir ist schlecht ...«

»Aber ich nehme doch die Pille ...«, antwortete Agathe leise und etwas verlegen.

»Möglicherweise hast du mal vergessen, sie zu nehmen ...«

»Ja, vielleicht.«

»Also ich gehe jetzt mit Lili ein bisschen spazieren und hole dir bei der Gelegenheit einen Schwangerschaftstest aus der Apotheke.«

»Danke dir.«

Das war mal wieder typisch Agathe, dachte Mathilde, dass sie bloß die halbe Wahrheit erzählte. Typisch Agathe, dass sie die Pille nur manchmal nahm. Sie war hinterhältig, führte dauernd etwas im Schilde. Sie hatte versucht, sie mit diesem Mann zu verkuppeln, ohne ihr einen Ton davon zu sagen. Sie brachte einen in Situationen, in denen man sich dann zurechtfinden musste. Und sie war schon immer so gewesen, eine verdammte Egoistin. Die arme Lili war noch so klein. Agathe kümmerte sich fast überhaupt nicht um sie. Also spitze Idee, sich noch ein weiteres Kind anzuschaffen. Hauptsache, das Familienfoto sah hübsch aus. Freilich richtete sich das Ganze auch gegen sie, gegen Mathilde. Agathe wollte ihre Überlegenheit demonstrieren. Sie gab ihr zu verstehen: Ich habe ein wunderbares Leben, und du hast nichts. Das alles war einfach ungerecht, Agathe hatte es nicht verdient, noch ein zweites Kind zu bekommen.

31

Vielleicht hatte sie es doch.

Der Schwangerschaftstest war positiv.

Agathe warf sich in die Arme ihrer Schwester.

Mathilde war völlig entsetzt, tat allerdings so, als freute sie sich.

»Bitte sag Frédéric jetzt noch nichts davon«, bat Agathe.

»Warum?«

»Er soll es lieber erst erfahren, wenn ich im dritten Monat bin.«

»Hast du Angst, dass er meint, du sollst abtreiben?«

»Nein … Quatsch …«, fuhr Agathe zusammen. »Ich bin bloß ein bisschen abergläubisch. Ich möchte es ihm erst erzählen, wenn es hundertprozentig sicher ist …«

32

Lag es an der frohen Nachricht oder daran, dass Mathilde einen so vorzüglichen Kräutertee gemacht hatte, am Nachmittag ging es Agathe jedenfalls wieder ganz gut. Sie duschte, zog sich an und räumte ein wenig auf. Lili schlief. Draußen schien die Sonne.

Agathe beschloss, den wuchernden Efeu zurückzuschneiden, Mathilde sollte ihr dabei helfen. Sie war von der Idee nicht gerade angetan, aber sie musste ja auch ein paar Pflichten im Haushalt erfüllen. Sie holte sich einen dicken Pullover. Trotz des schönen Wetters ahnte sie, dass sie am Balkon frieren würde. Agathe begutachtete flüchtig die Blumentöpfe, die am Boden standen. Ihre Pflanzen schienen glücklich zu sein. Dann klappte sie ihre Trittleiter auseinander und stieg mit der Schere auf die dritte Sprosse. Mathilde sollte sie an der Hüfte festhalten, wie sie es bereits einmal gemacht hatte. Träumerisch schnippelte Agathe die Triebe und entschuldigte sich bei ihnen, wie die Heldin eines Zeichentrickfilms, die mit Bäumen und Tieren redete. Sie kletterte wieder herab und stellte die Leiter zwei Meter weiter nach links. Erneut erklomm sie die dritte Sprosse. Unter ihr klaffte der Abgrund. Sie beugte sich ein wenig vor. Und in dem Moment versetzte ihr Mathilde einen kurzen, heftigen Stoß.

Agathe verlor das Gleichgewicht und fiel, sie wusste gar nicht, wie ihr geschah. Sie schrie markerschütternd.

Es schien, als hörte man diesen Schrei lange, und vielleicht hört Mathilde ihn tatsächlich immer noch, aber in Wirklichkeit dauerte er nur wenige Sekunden. Ihm folgte das dumpfe Geräusch eines Aufpralls. Des am Boden zerschellenden Körpers. Agathe war auf der Stelle tot.

33

Die Zeugen des Sturzes blickten nach oben, Mathilde war jedoch rechtzeitig zurückgewichen. Sie sah nach Lili. Jemand verständigte den Rettungsdienst, auch wenn nichts mehr zu retten war. Die Sanitäter kamen in die Wohnung. Mathilde stand unter Schock, sie hielt das Baby im Arm und wiederholte dauernd, wie furchtbar das Ganze war.

Die Sanitäter benachrichtigten Frédéric. Er kam sofort nach Hause. Beim Anblick der Leiche seiner Frau, die zugedeckt vor dem Haus lag, schossen ihm die Tränen in die Augen. Er heulte Rotz und Wasser. Irgendwann ging er hoch in die Wohnung und rief eine seiner Cousinen an, die Lili abholen sollte. Weder er noch Mathilde fühlten sich in der Lage, sich um die Kleine zu kümmern. Die Polizei traf ein. Die Beamten versuchten, sich ein Bild von der Lage zu machen, und stellten Mathilde allerlei Fragen. Diese brachte stockend hervor, dass Agathe eigentlich krank war und im Bett hätte bleiben sollen. Sie habe sie davon abhalten wollen, den Efeu zu schneiden, sie habe ihr gesagt, dazu sei sie noch zu schwach, aber wenn ihre Schwester sich einmal etwas in den Kopf gesetzt hatte, sei es schwierig, ihr die Sache auszureden. »Das stimmt«, bestätigte Frédéric. Die Polizei erkundigte sich, was Mathilde getan habe, als sich der tödliche Vorfall ereignet hatte. »Ich habe hier mit Lili gespielt.«

EPILOG

Bei der Beerdigung wirkte Frédéric völlig verloren. Er sprach kein Wort. Was hätte er auch sagen sollen. Die Familie, die Freunde, die Verwandten und Kollegen bildeten eine leblos anmutende Trauergemeinde. Als der Sarg in die Grube hinuntergelassen wurde, stieß Frédéric einen gellenden Schrei aus. Mathilde musste an ihre Mutter denken, die fast genauso geschrien hatte. Im Schmerz waren die Menschen vereint.

Anschließend gab es einen etwas kläglichen Umtrunk, bei dem die ganze Zeit von Lili die Rede war. Alle vertraten die Ansicht, schon wegen ihr müsse das Leben weitergehen. Ja, klar, stammelte Frédéric. Kinder seien der Grund unseres Daseins, hieß es weiter. Und Frédéric fing an zu weinen, da seine Tochter jetzt keine Mutter mehr hatte. Dass Lili Halbwaise war, bereitete ihm mehr Kummer als die eigene Witwerschaft. Er wusste, er hätte wahrscheinlich Probleme gehabt, sich ein Leben aufzubauen, wenn seine Mutter ihm nicht so viel Liebe und Selbstvertrauen gegeben hätte. Sie wohnte in Nizza und hatte die Reise nach Paris nicht antreten können. Sie war alt und krank. Die Nachricht vom grausamen

Tod ihrer Schwiegertochter hatte sie schwer getroffen. Auch sie würde bald sterben.

Mathilde hielt sich im Hintergrund. Wenn ihr jemand sein Beileid aussprechen wollte, wich sie aus. Sie redete keinen Ton, wie Frédéric. Ihre Gedanken waren seltsam umnebelt, sie war sich ihrer Schuld zumeist gar nicht bewusst. Sie glaubte der offiziellen Version, der zufolge es sich um einen dummen Unfall handelte, Agathe war krank gewesen und hatte wohl nicht richtig aufgepasst, als sie ihren Efeu beschnitten hatte. Mathildes Benehmen verriet nichts. Und dann fuhr ihr plötzlich durch den Sinn, was wirklich geschehen war. Es kam ihr vor, als schüttete ihr jemand Säure in die Augen.

Hugo kam schüchtern auf sie zu. Sie erkannte ihn erst nicht wieder. Er drückte ihr sein Mitgefühl aus, und als ihr Blick auf seinen Mund fiel, erinnerte sie sich auf einmal an die Erdnüsse, die bei der arrangierten Begegnung in diesen Mund gewandert waren. Mathilde küsste ihn herzlich auf beide Wangen, sozusagen zum Ausgleich für ihre Frostigkeit damals. Hugo erwies sich für Frédéric als wertvoller Freund, er bot ihm seine Hilfe an und war immer für ihn da. Auch in beruflichen Dingen. Bei einem Symposium in einer Kleinstadt sollte er eine Frau kennenlernen und glücklich werden.

Schließlich gingen alle nach Hause.

Und die Wochen verrannen.

Irgendwann räumte Frédéric das Foto von Agathe, das seit ihrem Tod auf dem Nachttisch stand, in eine Schublade. Es war schlicht zu schmerzhaft, jeden Morgen mit diesem Bild aufzuwachen. Außerdem galt es ja, nach vorne zu schauen, wie er ununterbrochen zu hören bekam. Wenn er manchmal mehrere Stunden nicht an Agathe dachte, beschlich ihn die leise Ahnung, dass er vielleicht doch ohne sie leben konnte.

Lili war sein ganzes Glück.

Mathilde sorgte sich hingebungsvoll um ihre Nichte, wie eine Mutter. Sie würde bald anfangen zu arbeiten und sich eine Wohnung leisten können, blieb aber lieber bei Frédéric und der Kleinen. Eine innere Stimme sagte ihr, dass sie zu ihnen gehörte. Sie hatte ein Gefühl, das sie nie zuvor gehabt hatte. Die Beziehung mit Étienne hatte immer etwas Unbehagliches an sich gehabt. Die leidenschaftliche Liebe treibt einen dahin, sich wie auf rohen Eiern zu bewegen, dauernd das Verhalten des anderen zu berechnen und sich auf den labyrinthischen Gängen des Herzens zu verirren. Nun war sie innerlich ausgeglichen. Sie war einfach da, für einen Mann und ein kleines Mädchen. Genau das hatte sie gewollt. Sie hatte den Platz eingenommen, der ihr zustand. Mittlerweile begriff sie alles. Sie hatte eben so handeln müssen, um wieder glücklich zu werden. Sollte sie sich dafür schuldig fühlen? Um sie herum herrschte nichts als Freude. Neulich beim Abendessen war Frédéric urplötzlich in Gelächter ausgebrochen. Lili hatte schon geschlafen, mit einem friedlichen Lächeln im Gesicht. Ja, das war das Leben, nach dem sie sich gesehnt hatte. Sie hatte bloß die Gelegenheit beim Schopfe packen müssen. Bald würde sie Frédéric vorschlagen, ab und zu einen Babysitter zu engagieren, damit sie auch mal etwas zu zweit unternehmen konnten. Vielleicht würden sie ja wieder in ein Schubertkonzert gehen. Das war ein herrlicher Abend gewesen. Sie würden erneut durch das nächtliche Paris schlendern und über Gott und die Welt reden, es würde der perfekte Moment sein, der absolut perfekte Moment, nichts stand dem mehr im Wege.

Wer sollte sie noch aufhalten? Durch die Tat hatte sie das Lager gewechselt. Sie hatte sich auf die Seite der Gewinnerinnen geschlagen. Das Lycée, in dem sie ab September unterrichten würde, lag gleich um die Ecke, entnahm sie einem Brief der Schulbehörde. Wunderbar. Bald würde sie wieder Flaubert behandeln. Vielleicht würde sie irgendwann Étienne und Iris zufällig auf der Straße treffen, es wäre ihr vollkommen gleichgültig. Selbst Iris' Babybauch würde sie kaltlassen. Sie musste den beiden sogar dankbar sein. Ohne sie hätte sie ihr Glück nie gefunden. Zur Geburt ihres Sohnes würde sie ihnen ein Päckchen schicken.

Jeden Tag aßen Frédéric und Mathilde gemeinsam zu Abend. Auf Agathe kamen sie immer seltener zu sprechen und schließlich überhaupt nicht mehr. Frédéric redete von der Arbeit (die Begeisterung für seinen Beruf hatte ihm viel Kraft zum Weiterleben gegeben). Mathilde plauderte über Flaubert und trug gelegentlich einige Ausschnitte aus seinem Werk vor. Frédéric, der eigentlich nie Romane gelesen hatte, war zunehmend angetan. Als sie einmal aus *Die Erziehung der Gefühle* vorlas, fing Lili nebenan an zu weinen. Mathilde legte das Buch weg, ging zu der Kleinen und nahm sie in ihre Arme. Nach wenigen Minuten schlief Lili ein. Mathilde kam zurück ins Wohnzimmer.

»Alles in Ordnung, sie schläft.«

»Danke dir.«

»Nichts zu danken.«

»Doch. Du kümmerst dich so gut um Lili. Ich kann gar nicht oft genug Danke sagen … für alles.«

»Hör auf. Ist eine Selbstverständlichkeit.«

»…«

Mathilde setzte sich wieder aufs Sofa und nahm das Buch zur Hand. Aber sie begann nicht zu lesen. Sie spürte, dass Frédéric sie fest ansah, wagte es jedoch nicht, ihm das Gesicht zuzuwenden. Und während sie den Blick gesenkt hielt, sagte er: »Agathe hat sich glücklich schätzen können, dass sie eine Schwester wie dich gehabt hat.«

Nachdem er diese Worte gesprochen hatte, rückte er näher, ergriff die Strähne, die ihr linkes Auge verdeckte, und steckte sie ihr zärtlich hinters Ohr.

Über das Glück, vom Leben überrascht zu werden ...

In einem kleinen, abgelegenen Dorf in der Bretagne gibt es eine ganz besondere Bibliothek. Denn hier werden Bücher gesammelt, die nie erscheinen durften. Eines Tages entdeckt dort eine junge Lektorin ein Manuskript, das sogar in der Hauptstadt Paris für Aufregung sorgt und das Leben vieler Menschen verändert. Der Autor, Henri Pick, war der Pizzabäcker des Ortes. Doch seine Witwe beteuert, er habe zeit seines Lebens kein einziges Buch gelesen und nie etwas anderes zu Papier gebracht als Einkaufslisten. Hat Monsieur Pick etwa ein geheimes Zweitleben geführt? Ein charmanter Roman – leicht, beschwingt und voller Witz.

Wenn das Leben einen zu Umwegen zwingt und daraus ein neues Glück erwächst

Völlig unerwartet kündigt Antoine Duris seine Professo-
renstelle an der Hochschule der Schönen Künste in Lyon
und zieht mit nur einem Koffer nach Paris. Im Musée
d'Orsay, wo die farbenfrohen Gemälde von Manet,
Monet und Modigliani hängen, bewirbt er sich als Muse-
umswärter. Doch warum flieht er Hals über Kopf aus
seinem bisherigen Leben? Keiner weiß, wie sehr ihn das
Schicksal seiner hochbegabten Studentin Camille mit-
genommen hat. Erst als er Mathilde kennenlernt, findet
Antoine einen Weg, sich der Freude, dem Genuss und
der Liebe wieder hinzugeben …

Die bewegende Geschichte eines Lebens, das viel zu früh endete

»Das ist mein ganzes Leben« – mit diesen Worten übergibt Charlotte einem Vertrauten 1942 einen Koffer voller Bilder. Sie erzählen ihre viel zu kurze Geschichte: von der Kindheit im Berlin der 20er-Jahre, dem frühen Tod der Mutter, dem Zugang zu Berlins Künstlerkreisen durch die neue Frau des Vaters, dem Studium an der Kunstakademie, dem Leben als Malerin. Und dann: Flucht vor den Nationalsozialisten nach Südfrankreich, Leben im Exil, aber auch Liebe und Hochzeit. Nur ihre Bilder überleben – und damit ihre Geschichte, die David Foenkinos anrührend erzählt. *Charlotte* ist das Porträt eines verheißungsvollen Lebens, das viel zu früh beendet wurde.

PENGUIN VERLAG